Jan Reiners

Typenkunde deutscher Schnell- und Personenzugdampfloks

trans press

Jan Reiners
Typenkunde deutscher Schnell- und
Personenzugdampfloks

Titelbild: Dirk Endisch
Foto: Am 3. Oktober 1996 stand die Museumslok 24 083
im Bh Halberstadt.

Alle Fotos in diesem Buch stammen aus dem Transpress-Archiv.

Bild S. 82/83: Der Stolz auf die schnelle 18 511 (Maffei 1926) steht den Männern auf dem Führerstand ins Gesicht geschrieben.
Bild S. 122/123: Mit dem E 267 von Uelzen nach Rostock am Haken pausiert die fabrikneue 24 013 (Schichau 1928) im Hauptbahnhof Schwerin.

ISBN: 3-613-71224-5

1. Auflage 2003

Lektorat: Alexander Burden
Einbandgestaltung: Katja Draenert
Innengestaltung: Viktor Stern
Druck: Henkel Druck, 70435 Stuttgart
Bindung: real Lachenmaier, 72766 Reutlingen
Printed in Germany

Vorwort

Als die Dampftraktion noch das Bild auf den Eisenbahnstrecken in Deutschland bestimmte, gehörten sie zu den Stars der Schienen – die Schnell- und Personenzuglokomotiven. Mit ihren meist mannsgroßen Kuppelrädern, den blank geputzten Kesseln und ihrer zumeist eleganten Form zogen sie die Blicke der Reisenden am Bahnsteig auf sich. Doch diese Zeit ist längst vorbei. Die meisten der ehemaligen Renner endeten bereits vor Jahren auf dem Schrottplatz. Nur einige wenige Maschinen haben im Museum einen Ehrenplatz gefunden oder werden von Eisenbahnfreunden betriebsfähig erhalten.
In diesem Band der »Typenkunde« werden alle deutschen Schnell- und Personenzuglokomotiven kurz und prägnant vorgestellt, die die Deutsche Reichsbahn-Gesellschaft (DRG) von den ehemaligen Länderbahnen übernahm und die 1925 noch in den dritten und endgültigen Umzeichnungsplan Eingang fanden. Außerdem sind alle ab 1925 in Dienst gestellten Einheitslokomotiven der DRG, die nach dem Zweiten Weltkrieg von der Deutschen Bundesbahn (DB) entwickelten Neubau- und Umbaulokomotiven sowie die ab 1953 von der Deutschen Reichsbahn beschafften Neubau- und Reko-Maschinen in diesem Band enthalten. Keine Aufnahme fanden aus Platzgründen die zwischen 1938 und 1945 von der Deutschen Reichsbahn in den besetzten Gebieten umgezeichneten Lokomotiven.
Aus Gründen der Einheitlichkeit werden im Text die 1925 eingeführten Baureihen-Nummern auch für die Zeit der EDV-gerechten Betriebsnummern bei der DB (ab 1968) und der DR (ab 1970) verwendet. Die mit der Einführung der EDV-Nummern verbundenen Änderungen werden in der Einleitung kurz umrissen.
Die Daten in den Tabellen beruhen in erster Linie auf den von der DRG, der DB und der DR zwischen 1924 und 1964 herausgegebenen Merkbüchern. Abweichungen mit Angaben in anderen Publikationen sind – vor allem bei den Länderbahn-Maschinen – nicht ausgeschlossen, da sich einige Daten, wie zum Beispiel Dienst- und Leergewicht, durch Bauartänderungen oder die Verwendung anderer Werkstoffe zwischen den einzelnen Bauserien ändern konnten. Auch die Länge über Puffer kann durch die Nutzung anderer Tender abweichen. Wo diese Änderungen in den Merkbüchern verzeichnet waren, werden sie genannt.
Auch die Angaben zur Leistung und zur Zugkraft beruhen – soweit vorhanden – auf den bereits erwähnten Merkbüchern. Die indizierte Leistung (PS_i) ist die im Zylinder ermittelte Leistung. Ähnlich liegen die Dinge bei der indizierten Zugkraft. Für die im Zylinder erzeugte Zugkraft existieren mitunter unterschiedliche Angaben in der Literatur, die auf die Verwendung unterschiedlicher Normfaktoren, dem so genannten »Zugkraftmodul« beruhen. Für die in diesem Buch verwendeten Angaben gilt das Zugkraftmodul 0,8, das für die Zugkraft beim Anfahren gilt.
Doch nun viel Spaß bei der Lektüre.

Bremen, im September 2003 Jan Reiners

Inhaltsverzeichnis

Einleitung

An den Dampflokomotiven und in diesem Buch gibt es im Zusammenhang mit den Baureihen-Nummern eine große Zahl eisenbahntypischer Abkürzungen und Bezeichnungen, die auf den folgenden Seiten kurz erklärt werden sollen, damit auch der nicht ganz so versierte Dampflokfreund weiß, was sich hinter dem »Fachchinesisch« verbirgt.

1.1 Bauart und Betriebsgattung

Die Dampflokomotiven werden in Deutschland nach Bauart und Betriebsgattung unterschieden. Allerdings gab es im Deutschen Reich bis Anfang der 1920er-Jahre keine verbindliche, einheitliche Festlegung für die Bezeichnung der **Bauart** einer Lokomotive. Die meisten Bahnverwaltungen bezeichneten die Achsanordnung mit Brüchen. Die Angaben waren jedoch nicht einheitlich. So konnte 2/5 für eine 1'B 2'- oder für eine 2'B1'-Maschine stehen. In den USA und Großbritannien wurden bestimmte Achsanordnungen mit Namen versehen. Die bekanntesten waren dabei:

1'B	Four wheeler
1'B1'	Columbia
2'B	American
2'B1'	Atlantic
2'B'2'	Double Ender
1'C	Mogul
1'C1'	Prairie
2'C	Ten wheeler
2'C1'	Pacific
2'C2'	Baltic oder Hudson
1'D1'	Mikado

Erst der am 13. Februar 1918 gegründete Lokomotiv-Normen-Ausschuss legte unter dem Vorsitz des Hanomag-Direktors Erich Metzeltin (1871–1948) eine einheitliche Bauart-Bezeichnung (LON 52) für Deutschland fest. So heißt die Formel 2'C 1'h 2 übersetzt:

2'	steht für zwei bewegliche Laufachsen vorne
C	steht für drei gekuppelte Achsen (A = 1 Achse, B = 2 Achsen, D = 4 Achsen usw.)
1'	steht für eine beweglich Laufachse hinten
h	steht für Heißdampf-Triebwerk (»n« für Nassdampf-Triebwerk)
2	steht für zwei Zylinder (3 = drei Zylinder, 4 = vier Zylinder)

In einigen Fällen steht hinter der Zylinderzahl noch ein »v« für »Verbundtriebwerk«. Bei diesen Lokomotiven wird der Dampf zuerst in einem Hochdruckzylinder teilentspannt und gelangt dann in einen größeren Hochdruckzylinder, wo er ein zweites Mal Arbeit verrichtet.

Anfang des 20. Jahrhunderts beschäftigten sich zahlreiche Bahnverwaltungen mit dem Verbund-Triebwerk. Für Lokomotiven, die hohe Geschwindigkeiten fahren mussten, besaß das Verbund-Triebwerk einige Vorteile, wie das gleichförmigere Drehmoment, die größere Laufruhe und eine geringere Beanspruchung der Lager. Außerdem verbrauchten sehr gut konstruierte Verbund-Triebwerke weniger Wasser und Kohle. Allerdings wurden diese Vorteile durch die deutlich höheren Kosten beim Bau und in der Instandhaltung meist wieder aufgebraucht. Die Deutsche Reichsbahn-Gesellschaft (DRG) beschaffte deshalb fast ausschließlich Dampfloks mit dem einfacheren Zweizylinder-Triebwerk mit einstufiger Dampfdehnung. Bei diesen Maschinen wird der Dampf nur in einem Zylinder entspannt. Da der Massenausgleich bei den Zweizylinder-Maschinen jedoch nicht völlig gelang und die erzeugten Zuckbewegungen die Laufruhe und den Fahrkomfort im oberen Geschwindigkeitsbereich erheblich beeinträchtigten, ging die Reichsbahn in den 1930er-Jahren zum Dreizylinder-Triebwerk über.

Auch die **Tender** der Schlepptender-Lokomotiven werden nach einem bestimmten System bezeichnet. So bedeutet zum Beispiel: 2'2'T 34:

2'2' steht für zwei bewegliche Drehgestelle
T steht für Tender
34 steht für 34 m^3 Wasservorrat

Ein wichtige Rolle bei den Bauart-Bezeichnungen spielt das Apostroph hinter den Zahlen oder Buchstaben. Das Apostroph zeigt an, ob die Achsen beweglich gelagert sind oder fest im Rahmen ruhen. Ein Tender der Bauart 2'3 T 38 besitzt zum Beispiel ein bewegliches Drehgestell mit zwei Achsen und drei fest im Rahmen gelagerte Achsen.

Die Deutsche Reichsbahn-Gesellschaft (DRG) führte 1925 die **Betriebsgattungen** ein und rüstete alle Dampflokomotiven mit einem Gattungsschild aus, das normalerweise links neben dem Aufstieg am Führerhaus angebracht war. Das Gattungsschild gab Auskunft über den Verwendungszweck (auch Bauartgruppe genannt), die Anzahl der gekuppelten Achsen, die Anzahl der gesamten Achsen und über die mittlere Achsfahrmasse der Lokomotive. Die Baureihe 01 trug zum Beispiel das Gattungsschild S 36 20:

S stand für Schnellzuglokomotive
3 stand für drei gekuppelte Achsen
6 stand für sechs Achsen insgesamt (ohne Tender)
20 stand für eine Achsfahrmasse von 20 Tonnen

Über der Achsfahrmasse war bei einigen Maschinen ein Dreieck mit oder ohne waagerecht darüber liegendem Viereck angebracht. Das Dreieck bedeutete, dass die Lokomotive konstruktiv die Begrenzung des Lichtraumprofils II (Anlage F der Bau- und Betriebsordnung) überragte. Das Viereck hingegen gab an, dass diese Überschreitung durch den Abbau einzelner Teile, zum Beispiel durch Entfernen des Schornsteinaufsatzes, wieder aufgehoben werden konnte.

Neben dem »S« gab es noch die Bauartgruppen »P« (Personenzuglokomotiven), »G« (Güterzuglokomotiven), »Pt« (Personenzugtenderlokomotiven), »Gt« (Güterzugtenderlokomotiven), »Z« (Zahnradlokomotiven), »L« (Lokalbahnlokomotiven), »K« (Kleinspur-Lokomotiven, heute Schmalspurlokomotiven).

Die Deutsche Bundesbahn (DB) verzichtete im November 1951 auf die Gattungsschilder, die in den folgenden Monaten entfernt wurden. Die Deutsche Reichsbahn (DR) in der DDR hingegen behielt das Gattungsschild bis zum Ende der Dampftraktion bei.

Am **Führerhaus** einer Dampflok waren aber noch andere Schilder angebracht. Über dem Lokschild saß das so genannte Eigentumsschild. Hier befand sich entweder der Schriftzug »Deutsche Reichsbahn« oder das DB-Signum. Außerdem waren am Führerhaus die Schilder der Heimat-Direktion und der Heimat-Dienststelle zu finden.

Über dem Gattungsschild war meist mit weißer Farbe die Abkürzung »WM 10« oder »WM 80« angemalt. Diese beiden Abkürzungen besaßen keine direkte betriebliche Bedeutung, denn sie gaben lediglich die Güte des verwendeten Lagermetalls wieder. »WM 10« war ein eine Weißmetall-Legierung mit einem Zinngehalt von rund 10 Prozent. Das hochwertigere Lagermetall WM 80 hingegen hatte einen Zinngehalt von 79 bis 81 Prozent. Ein roter Punkt neben dem Gattungsschild kennzeichnete die Verwendung einer Stahlfeuerbüchse.

1.2 Das Nummernsystem der DRG

Bis zur Gründung der Reichseisenbahnen am 1. April 1920 (ab 27. Juni 1921: Deutsche Reichsbahn) war die Eisenbahn in Deutschland Sache der Länder. Die Staatsbahnen von Baden, Bayern, Mecklenburg-Schwerin,

Oldenburg, Preußen, Sachsen und Württemberg besaßen nicht nur alle ihre eigenen Philosophien in Sachen Konstruktion und Bau ihrer Lokomotiven sondern auch alle ein eigenes Bezeichnungs- und Nummernsystem. Als die Reichseisenbahnen 1920 den Fahrzeugpark der Länderbahnen übernahmen, galt es zunächst einmal eine Systematik in die rund 400 verschiedenen Typen zu bringen. Es dauerte bis zum Herbst 1925, bis die Deutsche Reichsbahn-Gesellschaft ein einfaches aber logisches System geschaffen hatte, das im Prinzip bis heute genutzt wird.
Der im Herbst 1925 vorgelegte so genannte endgültige Umzeichnungsplan unterteilte den Fahrzeugpark nach Baureihen (BR), von 01 bis 99, und Bauartgruppen.

Baureihe	Bauartgruppe
01–19	Schnellzuglokomotiven
20–39	Personenzuglokomotiven
41–59	Güterzuglokomotiven
60–61	Schnellzugtenderlokomotiven
62–79	Personenzugtenderlokomotiven
80–96	Güterzugtenderlokomotiven
97	Zahnradlokomotiven
98	Lokalbahnlokomotiven
99	Schmalspurlokomotiven

Innerhalb der einzelnen Bauartgruppen wurden die Typen nach der Achsfolge geordnet. Dabei wurde die erste Dekade stets für die geplanten neuen Einheitslokomotiven freigehalten.
Die Baureihen-Nummer war bei den Länderbahn-Maschinen aber oft nicht mehr als eine grobe Zuteilung. Die bis zu vier Stellen umfassende Ordnungsnummer nutzte die DRG zu einer weiteren Gliederung in Unterbaureihen. So wurden die württembergische C zur Baureihe 18^{1} und die badische IV h zur Baureihe 18^{3}. Die bayerische S 3/6, die die gleiche Achsfolge wie die C und die IV h besaß, reihte die DRG als Baureihe 18^{4} ein. Doch Unterbaureihen gab es nicht nur bei den zahlreichen Länderbahnloks. Auch bei den Einheitslokomotiven führte die DRG Unterbaureihen ein. So erhielten die aus der Baureihe 03 weiter entwickelten Dreizylinder-Maschinen die Bezeichnung 03^{10}.
Die DB und die DR setzten das Schema nach dem Zweiten Weltkrieg fort, modifizierten es aber in Details. So zeichnete die DB ihre Umbauloks nicht um, während die DR für ihre Rekoloks meist neue Baureihen vergab. So wurden die modernisierten 01er zur Baureihe 01^{5} und die Reko-P 10 zur Baureihe 22. Bei den Gattungen, wo entweder alle vorhandenen oder die Mehrzahl der Maschinen rekonstruiert wurde, blieben die alten Loknummern erhalten, wie zum Beispiel bei den Baureihen 03, 03^{10}, 23^{0}, 18^{3} und 19^{0}. Erst mit der Einführung EDV-gerechter Nummernsysteme gingen beide Bahnverwaltungen ihren eigenen Weg.

1.3 Das EDV-gerechte Nummersystem der DB

Bei der Deutsche Bundesbahn (DB) trat am 1. Januar 1968 ein neues Nummernsystem in Kraft, das der beginnenden elektronischen Datenverarbeitung Rechnung trug. Die DB führte nun dreistellige Baureihen- und dreistellige Ordnungsnummern ein, die um eine siebte Kontrollziffer hinter einem Strich erweitert wurde. Mit Hilfe der Kontrollziffern konnten Schreib- und Tippfehler erkannt werden.
In den meisten Fällen wurde der alten Baureihen-Nummer nur eine 0 vorangestellt und von vierstelligen Ordnungsnummern die erste Ziffer gestrichen. So wurde aus der alten 38 3095 die neue 038 095-6. Allerdings schuf die DB bei den Schnellzug-Maschinen zwei »neue« Typen

Baureihe 011	Baureihe 01^{10} mit Kohlefeuerung
Baureihe 012	Baureihe 01^{10} mit Ölhauptfeuerung

Die **Kontrollziffer** wurde nach einer genau festgelegten Berechnung ermittelt. Unter die neue Lok-Nummer schrieb man die Ziffern 121212, mit der dann die untereinander stehenden Ziffern multipliziert wurden. Von den

Produkten wurde dann die Quersumme ermittelt. Die Differenz zwischen der Quersumme und der nächsten Zehnerzahl ergab schließlich die Kontrollziffer. Im Fall der 012 105 sieht das dann so aus:
012 105
121 212
0-2-2-2-0-10
Quersumme: 0+2+2+2+0+1+0=7
Nächste Zehnerzahl: 10 – 10-7=3
Kontrollziffer: 3

1.4 Das EDV-gerechte Nummersystem der DR

Die Deutsche Reichsbahn (DR) in der DDR vergab mit Wirkung vom 1. Juni 1970 für ihre Lokomotiven und Triebwagen EDV-gerechte Nummernschilder. Die Reichsbahn in der DDR behielt bei ihren Dampflokomotiven aber die zweistelligen Baureihennummern bei und führte nun generell vierstellige Ordnungsnummern ein. Die Kontrollziffern hinter dem Strich wurden nach dem gleichen Schema wie bei der Deutschen Bundesbahn berechnet.
Die Ordnungsnummern nutzte die DR, um nun die Feuerungsart zu kennzeichnen. Kohlegefeuerte Maschinen erhielten die Ordnungsnummern 1001 bis 8999. Dampflokomotiven mit einer ehemals dreistelligen Ordnungsnummer erhielten oft nur eine 1 dazu. Ausnahmen bildeten die Baureihen 01 und 03. Die Altbau-01er und die Zweizylinder-03er bekamen eine 2. So wurde aus der 03 002 die 03 2002-8. Maschinen mit einer Ölhauptfeuerung, wie zum Beispiel die Baureihen 01^{5} und 03^{10} wurden mit einer 0 als erste Ziffer in der Ordnungsnummer gekennzeichnet. Die 01 520 wurde so zur 01 0520-5. Lokomotiven mit einer Kohlenstaubfeuerung erhielten hingegen eine 9000er-Nummer. Allerdings waren 1970 bei der DR nur noch die kohlenstaubgefeuerten Maschinen der Baureihen 44 und 52 im Einsatz.
Um Verwechselungen mit Diesel- und Elloks durch eine falsche Schreibweise oder Eingabefehler zu verhindern, gab die Reichsbahn aber einige Baureihen-Nummern auf und zeichnete die betreffenden Maschinen in andere Baureihen um. So entstanden 1970 folgende neue beziehungsweise modifizierte Baureihen bei den Schnell- und Personenzugdampfloks der DR:

Baureihe 01.00	Baureihe 01^{5} mit Ölhauptfeuerung
Baureihe 01.15	Baureihe 01^{5} mit Kohlefeuerung
02 0201-0	18 201
02 0314-1	18 314
Baureihe 03.00	Baureihe 03^{10} mit Ölhauptfeuerung
Baureihe 04.00	Baureihe 19 mit Ölhauptfeuerung
Baureihe 35.10	Baureihe 23^{10}
Baureihe 35.20	Baureihe 23
Baureihe 37.10	Baureihe 24
Baureihe 39.10	Baureihe 22

Baureihe 01 (Einheitslok)

Technische Daten

Bauart		2'C1'h2
Betriebsgattung		S 36.20
Länge ü. Puffer (Tender 2'2' T 34)	mm	23.940
Höchstgeschwindigkeit v/r	km/h	120[1]/50
Zylinderdurchmesser	mm	600
Kolbenhub	mm	660
Treib- und Kuppelraddurchmesser	mm	2.000
Laufraddurchmesser v/h	mm	850[2]/1.250
Kesselüberdruck	kp/cm^2	16
Rostfläche	m^2	4,5
Verdampfungsheizfläche	m^2	238[3]
Dienstmasse (2/3 Vorräte)	t	166,9[4]
Brennstoffvorrat	t	10
Wasserkasteninhalt	m^3	34
indizierte Leistung	PS_i	2.240
indizierte Zugkraft (0,8)	Mp	15,2

Anmerkungen:
[1] ab 01 102: 130 km/h
[2] ab 01 102: 1.000 mm
[3] ab 01 077: 247 m^2
[4] ab 01 077: 169,1 t

Nach der Übernahme der Länderbahnen durch das Deutsche Reich am 1. April 1920 besaß die Beschaffung einer neuen, leistungsstarken Schnellzuglok oberste Priorität. Die mangelnde Unterhaltung während des Ersten Weltkrieges und die Abgaben von Lokomotiven an die Siegermächte führten bei der 1921 geschaffenen Deutschen Reichsbahn (DR) zu einem akuten Fahrzeugmangel. Der zunächst erwogene Nachbau bewährter Länderbahn-Konstruktionen verwarf die DR aber wieder, da die zur Debatte stehenden Gattungen veraltet waren und sich mit ihnen nicht die angestrebte strenge Normung und Typisierung durchsetzen ließ. Aus diesem Grund entwickelte die Reichsbahn eine neue Typenreihe – die Einheitslokomotiven. Nachdem die Firmen Borsig, Henschel und Maffei bereits 1922 erste Entwürfe vorgestellt hatten, schufen die Reichsbahn und die deutschen Lokfabriken im Herbst 1922 das Vereinheitlichungsbüro (VB), das die Entwicklung der neuen Einheitslokomotiven vornahm. Bereits 1923 legte das VB den ersten Typenplan vor, zu dem auch zwei schwere 2'C1'-Schnellzugmaschinen gehörten, die sich lediglich durch ihr Triebwerk voneinander unterschieden. Die Reichsbahn hatte sich zu diesem Schritt entschlossen, da keine Einigkeit darüber bestand, ob nun das Vierzylinderverbund- oder das Zweizylinder-Triebwerk wirtschaftlicher sei. Diese Frage sollte nun durch gründliche Versuchsfahrten beantwortet werden. Anschließend sollte die wirtschaftlichere Bauart weiter beschafft werden. So gab das Reichsbahn-Zentralamt (RZA) schließlich je zehn Maschinen der Baureihen 01 (2'C1'h2) und 02 (2'C1'h4v) in Auftrag, die 1925/26 geliefert wurden. Die Lokomotiv-Versuchsabteilung (LVA) Grunewald

unterzog beide Typen einem umfangreichen Versuchsprogramm, das die Baureihe 01 für sich entscheiden konnte. Deshalb empfahl der Lokausschuss 1927, nur noch die Baureihe 01 zu beschaffen. Diesem Rat folgte die Reichsbahn, die in fünf Lieferserien bis 1938 insgesamt 231 Maschinen in Dienst stellte.

Zwar wurden die Loks im Laufe der Jahre in einigen Details verbessert, die Grundkonstruktion der Baureihe 01 blieb aber erhalten. Typisch für die Maschinen waren der solide Barrenrahmen, der genietete Kessel und die großen Windleitbleche. Da sich der ursprüngliche Zylinderdurchmesser von 650 mm als zu groß erwies (Die Loks neigten beim Anfahren von schweren Zügen leicht zum Schleudern), wurde er ab 01 077 auf 600 mm verkleinert. Durch den Einbau größerer Laufräder im vorderen Drehgestell und einer verstärkten Bremse konnte ab 01 102 die zulässige Höchstgeschwindigkeit von 120 auf 130 km/h angehoben werden. Auf Initiative des Bauart-Dezernenten der Reichsbahn, dem »Vater der Einheitslokomotiven«, Richard Paul Wagner wurden die Heiz- und Rauchrohre ab 01 1077 von 5.800 auf 6.800 mm verlängert. Wagner versprach sich davon eine bessere Ausnutzung der Rauchgase, was sich aber später als schwerer Irrtum erweisen sollte. Die Wagnerschen Langrohrkessel erwiesen sich bereits in den 1930er-Jahren als wenig überlastbar und recht wartungsintensiv. Doch dies tat dem Erfolg der Baureihe 01, die recht bald zum Inbegriff der deutschen Schnellzuglokomotive wurde, keinen Abbruch.

Über Jahrzehnte hinweg bestimmte nun die Baureihe 01 das Geschehen im hochwertigen Reisezugdienst. Zu den Heimat-Bahnbetriebswerken gehörten unter anderem Erfurt P, Hamm, Hof, Hannover, Offenburg, Kassel und Frankfurt. Nach dem Zweiten Weltkrieg verblieben 70 Maschinen bei der Deutschen Reichsbahn (DR) in der sowjetischen Besatzungszone. Die anderen Maschinen übernahm 1949 die Deutsche Bundesbahn (DB). In Ost und West konnte man auf die Baureihe 01 noch nicht verzichten. Erst die Beschaffung moderner Dieselloks und die großzügige Streckenelektrifizierung leiteten bei der DB in der zweiten Hälfte der 1950er-Jahre das Ende der 01er ein, von denen 1961 noch 156 Maschinen im Bestand waren. Zwölf Jahre später setzte nur noch das Bahnbetriebswerk Hof einige wenige Loks ein. Am 2. Juni 1973 erlosch auch bei ihnen das Feuer.

Die DR in der DDR hielt zu diesem Zeitpunkt noch 17 Exemplare der Baureihe 01 betriebsfähig vor. Obwohl im September 1977 das Bw Dresden und zwei Jahre später auch das Bw Berlin Ostbahnhof die letzten 01er abstellte, hatten die verbliebenen Maschinen bis 1982 noch eine Gnadenfrist als Sonderlok (Bw Halberstadt), Dampfspender oder Museumsmaschine.

Baureihe 01 (Umbaulok DB)

Technische Daten

Bauart		2'C1'h2
Betriebsgattung		S 36.20
Länge ü. Puffer (Tender 2'2' T 34)	mm	23.940
Höchstgeschwindigkeit v/r	km/h	120[1]/50
Zylinderdurchmesser	mm	600
Kolbenhub	mm	660
Treib- und Kuppelraddurchmesser	mm	2.000
Laufraddurchmesser v/h	mm	850[2]/1.250
Kesselüberdruck	kp/cm²	16
Rostfläche	m²	3,96
Verdampfungsheizfläche	m²	193,09
Dienstmasse (2/3 Vorräte)	t	168,8
Brennstoffvorrat	t	10
Wasserkasteninhalt	m³	34
indizierte Leistung	PS_i	2.325
indizierte Zugkraft (0,8)	Mp	15,2

Anmerkungen:
[1] ab 01 102: 130 km/h [2] ab 01 102: 1.000 mm

Auch bei der Deutschen Bundesbahn (DB) bildete die Baureihe 01 Anfang der 1950er-Jahre das Rückgrat im schweren Schnellzugdienst. Zwar war die 01 insgesamt eine gelungene Konstruktion, doch der Wagnersche Langrohrkessel setzte der Leistungsfähigkeit der Maschinen Grenzen. So neigte der Kessel bei längerem Fahren an der Leistungsgrenze zum Erschöpfen und zu Undichtigkeiten an den Rohrwänden. Obwohl die Ursache dafür – die ungünstige Abstimmung zwischen Strahlungs- und Rohrheizfläche – seit Mitte der 1930er-Jahre bekannt war, setzte Richard Paul Wagner seinen Langrohrkessel weiter durch. Erst sein Nachfolger und spätere Bauart-Dezernent der DB, Friedrich Witte, brach mit diesem Dogma und favorisierte den Einbau einer Verbrennungskammer, mit deren Hilfe die hochwertigere Strahlungsheizfläche vergrößert werden konnte. Bereits 1950 suchte Witte nach Wegen, die Leistung und die Wirtschaftlichkeit der Baureihe 01 zu verbessern. Zunächst wurde ein neuer, vollständig geschweißter Stehkessel mit Verbrennungskammer entwickelt, mit dem 1950/51 im Ausbesserungswerk (AW) Braunschweig 01 042, 01 046, 01 112, 01 154 und 01 192 ausgerüstet wurden. Außerdem erhielten alle fünf Maschinen neue Henschel-Mischvorwärmer vom Typ MVR mit Turbospeisepumpe. Dank der Verbrennungskammer verbesserte sich das Verhältnis zwischen Strahlungs- und Rohrheizfläche von 1 : 14,5 zu 1 : 8,83. Dadurch erwies sich der Kessel im Betriebsdienst als deutlich überlastbarer. Außerdem nahm die Verdampfungswilligkeit spürbar zu. Obwohl der Umbau ein voller Erfolg war, verzichtete die DB auf den Einbau weiterer neuer Stehkessel, da der Einbau eines neuen Kessels wirtschaftlicher war.
Dabei konnte die DB auf den für die Baureihe 01[10]

entwickelten Ersatzkessel zurückgreifen, der ohne größere Änderungen auch für die Baureihe 01 verwendbar war. Der Startschuss für den Einbau der geschweißten Verbrennungskammer-Kessel fiel 1957, da die DB noch mit einem Einsatz der Baureihe 01 für mindestens zehn Jahre rechnete. Der so genannte Hochleistungskessel bestand aus einem vorderen zylindrischen und einem hinteren, konischen Schuss. Der Stehkesselmantel des konischen Schusses war im hinteren Teil leicht eingezogen, damit die alten Führerhäuser der Baureihe 01 ohne Änderungen verwendet werden konnten. Durch die 1.122 mm lange Verbrennungskammer besaß der Kessel mit 22 m^2 eine deutlich größere Strahlungsheizfläche als der alte Dampferzeuger. Dadurch stieg die spezifische Heizflächenbelastung von 57 kg/m^2h auf nun 75 kg/m^2h an. Dies schlug sich in einer höheren Verdampfungsleistung nieder. Brachte es die alte 01 auf 14,09 Tonnen Dampf je Stunde, so waren es beim Hochleistungskessel 14,47. Allerdings war die Rostfläche mit jetzt nur noch 3,96 m^2 deutlich kleiner, womit die Stillstandsverluste verringert werden sollten. Ein Fehler, wie sich später zeigen sollte.

Als erste Lok ihrer Gattung erhielt die die 01 217 im AW Nied den Hochleistungskessel, mit dem sie am 8. Mai 1958 ihre Abnahmefahrt absolvierte. Neu an der Umbaumaschine waren außerdem die einstufige Mischvorwärmer-Anlage der Bauart 1957 und der Heißdampfregler. Von den ursprünglich geplanten 80 Maschinen wurden jedoch nur 50 mit einem Hochleistungskessel ausgerüstet. Der Traktionswechsel ging im schweren Schnellzugdienst schneller voran als erwartet. Sozusagen als »Nachzügler« erhielt 1966 die 03 131 den Dampferzeuger der 1965 bei einem Unfall schwer beschädigten 01 122.

Die Personale standen den Umbau-Maschinen reserviert gegenüber, neigte doch der Hochleistungskessel aufgrund seines relativ flachen Dampfdomes sehr leicht zum Wasserüberreißen, was zu erheblichen Schwierigkeiten mit dem Heißdampfregler führte, dessen Ventilsitze durch eingebrannten Kesselschlamm verschmutzten. Der Regler ließ sich nun nur noch schwer oder gar nicht mehr bewegen. Außerdem verschlackte der kleinere Rost bei schlechtem Brennstoff oder bei Langläufen sehr schnell, was mitunter zu erheblichen Problemen führte.

Der große Erfolg blieb den Umbau-Maschinen somit verwehrt. Nach nur wenigen Jahren quittierten die meisten Loks den Dienst. Als 1973 der 01er-Einsatz im Bw Hof zu Ende ging, standen nur noch die neubekesselten 01 131 und 01 180 unter Dampf.

Baureihe 01^5 (Rekolok DR)

Technische Daten

		Kohlefeuerung	Ölhauptfeuerung
Bauart		2'C1'h2	2'C1'h2
Betriebsgattung		S 36.20	S 36.20
Länge ü. Puffer (Tender 2'2' T 34)	mm	24.350	24.350
Höchstgeschwindigkeit v/r	km/h	130/50	130/50
Zylinderdurchmesser	mm	600	600
Kolbenhub	mm	660	660
Treib- und Kuppelraddurchmesser	mm	2.000	2.000
Laufraddurchmesser v/h	mm	1.000/1.250	1.000/1.250
Kesselüberdruck	kp/cm^2	16	16
Rostfläche	m^2	4,87	4,87
Verdampfungsheizfläche	m^2	224,5	224,5
Dienstmasse (2/3 Vorräte)	t	169,0	174,3
Brennstoffvorrat	t	10	13,5[1]
Wasserkasteninhalt	m^3	34	34
indizierte Leistung	PS_i	ca. 2.300	ca. 2.500
indizierte Zugkraft (0,8)	Mp	15,2	15,2

Anmerkung:
1 13,5 m³ Heizöl

Wie bei der Bundesbahn so war auch bei der Deutschen Reichsbahn (DR) in der DDR ein Schnellzugdienst ohne Baureihe 01 undenkbar. Allerdings waren der DR nur 70 Maschinen verblieben, von denen fünf wegen irreparabler Kriegsschäden ausgemustert werden mussten. Nachdem sich in der zweiten Hälfte der 1950er-Jahre die Beschaffung einer neuen Schnellzugmaschine zerschlagen hatte und die Entwicklung adäquater Diesellokomotiven auf absehbare Zeit nicht möglich war, dachte die DR auch über eine gründliche Modernisierung ihrer 01er im Rahmen des 1957 angelaufenen so genannten Rekonstruktions-Programms nach. Kernpunkt dieser Modernisierung war der Einbau eines modernen geschweißten Verbrennungskammer-Kessels und die Beseitigung konstruktiver Fehler mit dem Ziel, die Leistung und Wirtschaftlichkeit der Maschinen zu verbessern. Mit den Rekoloks wollte die DR den Zeitraum bis zum vollständigen Traktionswechsel überbrücken.

Nach langwierigen Diskussionen entschied die zuständige Hauptverwaltung der Maschinenwirtschaft (HvM) im Frühjahr 1958, die Baureihe 01 zu modernisieren. Am 17. Mai 1958 erhielt die von Max Baumberg geleitete Fahrzeug-Versuchsanstalt (FVA) Halle den Auftrag, einen entsprechenden Reko-Kessel für die 01 zu entwickeln. Baumberg und die zuständigen Mitarbeiter

10275

Westfalia über 85 Jahre 1923 - 2010

Westfalia® Bestellkarte

WT 43656

30 Tage Umtausch- und Rückgaberecht

• Werkzeugstraße 1 • 58082 Hagen • Fax 01 80/5 30 31 30* • www.bestellung.westfalia.de

Hier bitte abtrennen!

Artikelkurzbezeichnung	Bestellnummer	Stück	Preis
			,
			,
			,
			,
			,
			,
			,
			,
			,
			,
			,
			,

Mindestbestellwert 25,–. Alle Preise einschl. MWST – Vergessen Sie nicht, Ihre Anschrift auf der Rückseite einzutragen!

Jetzt schnell und bequem bestellen – rund um die Uhr!

☎ 0180/5 30 31 32*

Ideal zum Mitbestellen
Notiz-Quader mit Westfalia-Aufdruck

Für schnelle Notizen am Telefon, im Haushalt, Büro und Werkstatt.

Nr. 16 70 64 nur 1,99

Mehr bestellen – weniger bezahlen!
Bestellungen über 150 Warenwert werden kostenlos zugestellt. Unter 150 Warenwert berechnen wir nur 4,95 Transportkostenpauschale. Die Versand- und Verpackungskosten inkl. Transportkostenversicherung) betragen 0,8 % des Warenwertes. Teillieferungen sind immer versandkostenfrei. Außer den vorstehend aufgeführten Versandspesen fallen für Sie deshalb keine weiteren Kosten an.

* 0,14 € pro Minute aus dem deutschen Festnetz, Mobilfunk maximal 0,42 € pro Minute.

Hier bitte abtrennen!

Vielen Dank
für Ihre
Bestellung!

Deutsche Post
ANTWORT

Westfalia
Werkzeugco.
z.Hd. Stefan Stahl
Werkzeugstraße 1
58082 Hagen

Tragen Sie hier Ihre Kunden-Nummer ein

Absender: (Bitte in Druckbuchstaben schreiben. Vielen Dank.)

Vorname

Name

Straße:

Postleitzahl **Wohnort**

Gewünschte Zahlungsart (bitte ankreuzen, bzw. ausfüllen!) **43656**

☐ **Bankeinzug, mit „bankverbürgter Geld-zurück-Garantie"**

Bankleitzahl — in Ort (Bank)

Konto-Nr. — Unterschrift

Bei Bank oder Sparkasse — Telefon-Nummer mit Vorwahl, falls Rückfragen

☐ **Rechnung. Überweisen Sie bitte den Rechnungsbetrag nach Erhalt der Ware**

Am schnellsten geht's per Telefon

Rund um die Uhr für Sie da!

0180/5 30 31 32*

* 0,14 pro Minute aus dem deutschen Festnetz, Abweichung aus dem Mobilfunknetz möglich.

der HvM wollten die 01 aber nicht nur mit einem Verbrennungskammer-Kessel ausrüsten, auch die Optik sollte grundlegend geändert werden. Viel Zeit investierten sie deshalb in die Gestaltung der Lok, mit der Neuland beschritten wurde. Knapp vier Jahre nach dem Startschuss war es dann endlich soweit: Am 30. April 1962 verließ die 01 501 das Raw Meiningen. Ihr hochliegender Kessel, die steile Frontschürze, die spitze Rauchkammertür, die Domverkleidung und die als »Fledermaus-Ohren« bezeichneten Windleitbleche gaben der Lok ein unverwechselbares Aussehen. Allerdings erwiesen sich nicht nur die Windleitbleche, die durch kleinere ersetzt wurden, als nicht betriebstauglich. Zahlreiche kleinere Mängel trübten die Freude an der leistungsstarken Maschine. Nachdem sich auch die bei der 01 504 erstmals eingebauten Boxpok-Räder als Fehlgriff erwiesen hatten, setzte in der Führungsetage der DR eine heftige Debatte um das Für und Wider der Rekonstruktion der Baureihe 01 ein, zumal die Kosten mit 400.000 Mark deutlich den gesteckten Rahmen überschritten hatten. Am 22. November 1963 entschied die HvM schließlich nur 35 der insgesamt 65 Loks zu rekonstruieren. Als letzte stellte das Raw Meiningen am 31. Mai 1965 die 01 535 fertig.

Trotz aller Startschwierigkeiten erwies sich die 01^5 als eine der besten deutschen Dampflokomotiven, die in puncto Leistung und Zugkraft ihren Altbau-Schwestern und auch den DB-Loks deutlich überlegen war. Der für eine Heizflächenbelastung von 75 kg/m²h ausgelegte Kessel konnte bis zu 16,8 Tonnen Dampf je Stunde erzeugen. Damit war eine indizierte Leistung von bis zu 2.500 PS_i möglich. Dieses Potenzial nutzten die Lokführer und Heizer natürlich aus. Die Bahnbetriebswerke Erfurt P und Wittenberge bespannten mit ihren ölgefeuerten Reko-01ern in erster Linie die schweren Interzonenzüge nach Bebra und Hamburg. Die kohlegefeuerten 01 506, 01 511, 01 512, 01 514, 01 515, 01 516 und 01 518 hingegen waren im Bw Berlin Ostbahnhof zuhause und kamen im Schnellzugdienst unter anderem nach Dresden, Helmstedt und Stralsund. Nach der Aufgabe des 01^5-Einsatzes im Interzonendienst wurden die ölgefeuerten Loks auch in Pasewalk und Saalfeld heimisch. Traurige Bekanntheit erlangte die Berliner 01 516, deren Kessel am 27. November 1977 infolge von Wassermangel im Bahnhof Bitterfeld explodierte und sieben Menschen, darunter das Lokpersonal, starben.

Die 1980 einsetzende Energiekrise in der DDR brachte zwar den letzten kohlegefeuerten Reko-01er eine kleine Renaissance, beschleunigte aber letztlich das Ausscheiden der markanten Schnellzugloks aus dem Betriebsdienst. Am 8. Januar 1982 stellte das Bw Saalfeld mit der 01 520 die letzte Öllok ab. Im Sommer 1982 setzten die Bahnbetriebswerke Güsten (01 512) und Halberstadt (01 511) noch einmal für einige Wochen ihre Loks im Reisezugdienst ein. Das Bw Magdeburg bespannte mit der 01 512 schließlich am 29. September 1982 den letzten planmäßigen Zug mit einer 01^5. Insgesamt fünf Maschinen, davon drei betriebsfähig, blieben erhalten.

Baureihe 01^{10} (Einheitslok)

Technische Daten

Bauart		2'C1'h3
Betriebsgattung		S 36.20
Länge ü. Puffer (Tender 2' 3 T 38)	mm	24.130
Höchstgeschwindigkeit v/r	km/h	140/50
Zylinderdurchmesser	mm	500
Kolbenhub	mm	660
Treib- und Kuppelraddurchmesser	mm	2.000
Laufraddurchmesser v/h	mm	1.000/1.250
Kesselüberdruck	kp/cm²	16
Rostfläche	m²	4,32
Verdampfungsheizfläche	m²	247,15
Dienstmasse (2/3 Vorräte)	t	180,45
Brennstoffvorrat	t	10
Wasserkasteninhalt	m³	38
indizierte Leistung	PS_i	2.120
indizierte Zugkraft	Mp	15,84

Mitte der 1930er-Jahre musste sich die Deutsche Reichsbahn-Gesellschaft (DRG) immer mehr der Konkurrenz der Straße erwehren. Um im immer härteren Wettbewerb bestehen zu können, plante die DRG schließlich den Aufbau eines engmaschigen Schnellverkehrsnetzes. Dazu bedurfte es aber neuer Maschinen, denn die Baureihen 01 und 03, die die Hauptlast im hochwertigen Reisezugdienst trugen, erwiesen sich für den vorgesehen Zweck als nur bedingt tauglich.

Die Leistung der Maschinen ließ zwar kaum Wünsche übrig, doch das Laufverhalten der Zweizylinderloks konnte nicht überzeugen. Im oberen Geschwindigkeitsbereich nahmen die Zuckbewegungen immer mehr zu und wurden trotz einer sehr guten Lok-Tender-Kupplung auf den ersten Wagen hinter der Maschine übertragen. Dies beeinträchtigte nicht nur den Reisekomfort sondern schlug auch mit deutlich höheren Instandhaltungskosten für die Loks zu Buche. Aus diesen Gründen forderte die Hauptverwaltung der Reichsbahn im Frühjahr 1935 das Reichsbahn-Zentralamt (RZA) auf, eine neue Schnellzuglok mit Mehrzylindertriebwerk zu entwickeln. Für das geforderte Dreizylinder- bzw. Vierzylinderverbund-Triebwerk sprachen der bessere Massenausgleich, das gleichförmigere Drehmoment sowie die geringere Beanspruchung des Rahmens. Im RZA und im Lokausschuss teilte man die Meinung der Hauptverwaltung nicht. Das Verbundtriebwerk lehnte der Lokausschuss aufgrund des zu geringen Kesseldrucks kategorisch ab. Gegen das Dreizylinder-Triebwerk gab es keine ernsthaften Bedenken. Da die Versuchsfahrten mit der teilweise stromlinienverkleideten 03 154 und den Stromlinienloks 05 001 und 05 002 deutliche Leistungsgewinne erbracht hatten, sprach sich die Hauptverwaltung für eine entsprechende Verkleidung bei der neuen Type aus. So erhielt das RZA schließlich den Auftrag, eine dreizy-

lindrige 01 mit Stromlinienverkleidung zu entwickeln. Obwohl die technischen Parameter für die als Baureihe 01^{10} vorgesehene Type bereits Ende 1935 feststanden, dauerte es noch fast vier Jahre, bevor die 01^{10} Gestalt annahm. Nachdem das RZA insgesamt 205 Exemplare in Auftrag gegeben hatte, lieferte die Berliner Maschinenbau AG (BMAG), vormals Louis Schwartzkopff, im Sommer 1939 mit der Jubiläums-Fabriknummer 11.000 die 01 1001 ab. Nach der Endabnahme der Lok am 29. August 1939 untersuchte das Lokomotiv-Versuchsamt (LVA) Grunewald die Maschine. Noch vor dem Ende der Messfahrten lief die Serienfertigung an.

Doch der Zweite Weltkrieg warf die Planungen der Deutschen Reichsbahn in Sachen Schnellverkehr über den Haufen. Ab Januar 1940 wurde der hochwertige Reiseverkehr drastisch reduziert. Ein dringender Bedarf an den Stromlinien-Maschinen bestand nun nicht mehr, so dass das RZA noch im Frühjahr 1940 seine Bestellung stornierte und nur noch die angearbeiteten Loks abnehmen wollte. Die insgesamt gebauten 55 Maschinen verteilte das RZA zunächst unter anderem auf die Bahnbetriebswerke Bebra, Berlin Anhalter Bahnhof, Dresden-Altstadt, Frankfurt (Oder) Pbf, Hannover Ost und Würzburg. Hier konnten sie aber ihre Stärken nicht mehr richtig ausspielen, denn bereits am 25. Februar 1941 verfügte das RZA die Reduzierung der zulässigen Höchstgeschwindigkeit von 150 auf 140 km/h. Zwar vermochte die 01^{10} einen 550 Tonnen schweren Schnellzug mit 120 km/h in der Ebene zu befördern, doch dieses Leistungsvermögen wurde während des Krieges nicht ausgeschöpft. Zudem verklemmten die in der Stromlinienverkleidung angebrachten Klappen und Jalousien häufig oder neigten im Winter zum Einfrieren, weshalb die Verkleidung bei einigen Lokomotiven ab 1944 im Bereich des Triebwerks gekürzt oder ganz entfernt wurde.

Nach dem Zweiten Weltkrieg verblieben alle 55 Maschinen in den westlichen Besatzungszonen. Die Deutsche Bundesbahn (DB) begann ab 1949 damit, die Loks im Rahmen einer Hauptuntersuchung wieder betriebsfähig aufzuarbeiten. Dabei wurde auch die Stromlinienverkleidung entfernt. Außerdem erhielten die Maschinen kleine Windleitbleche. Typisch für die Loks war die im oberen Drittel abgeschnittene Rauchkammertür, was dem vor dem Schornstein liegenden Oberflächenvorwärmer geschuldet war. Bis 1951 wurden 54 Loks der Baureihe 01^{10} schrittweise reaktiviert. Lediglich die 01 1067 musste aufgrund schwerer Schäden bereits am 7. Juli 1946 ausgemustert werden.

Die DB konzentrierte die 01^{10} nun in den Bahnbetriebswerken Bebra, Hagen-Eckesey, Kassel und Paderborn, wo sie ihre Vorteile gegenüber der Zweizylinder-01 unter Beweis stellen konnten.

Baureihe 01¹⁰ (Umbaulok DB)

Technische Daten

		Kohlefeuerung	Ölhauptfeuerung
Bauart		2'C1'h3	2'C1'h3
Betriebsgattung		S 36.20	S 36.20
Länge ü. Puffer (Tender 2'3 T 38)	mm	24.130	24.130
Höchstgeschwindigkeit v/r	km/h	140/50	140/50
Zylinderdurchmesser	mm	500	500
Kolbenhub	mm	660	660
Treib- und Kuppelraddurchmesser	mm	2.000	2.000
Laufraddurchmesser v/h	mm	1.000/1.250	1.000/1.250
Kesselüberdruck	kp/cm²	16	16
Rostfläche	m²	3,96	3,96
Verdampfungsheizfläche	m²	206,51	206,51
Dienstmasse (2/3 Vorräte)	t	176	177
Brennstoffvorrat	t	10	13,5[1]
Wasserkasteninhalt	m³	38	38
indizierte Leistung	PS_i	2.350	2.470
indizierte Zugkraft (0,8)	Mp	15,84	15,84

Anmerkung:
[1] 13,5 m³ Heizöl

Nur kurze Zeit, nachdem die Deutsche Bundesbahn (DB) die Baureihe 01¹⁰ wieder im Betriebsdienst einsetzte, traten vermehrt Schäden an den Kesseln der erst wenige Jahre alten Maschinen auf. Ursache dafür war aber nicht der Einsatz vor den schweren Schnell- und Eilzügen oder Bedienungsfehler des Personals sondern der verwendete Stahl der Sorte St 47 K. Dieser sehr feste Werkstoff erwies sich als nicht alterungsbeständig und sehr spröde. Schweißarbeiten an den Dampferzeugern beschleunigten den Alterungsprozess, so dass die DB beschloss, die Baureihe 01¹⁰ mit neuen Kesseln auszurüsten. Allerdings dachte der Bauart-Dezernent Friedrich Witte nicht an einen Neubau nach den alten Zeichnungen, sondern ließ einen modernen Verbrennungskammer-Kessel entwickeln, der gegenüber dem alten Dampferzeuger eine deutlich höhere spezifische Heizflächenbelastung besitzen sollte. Bereits im Herbst 1953 lieferte die Firma Henschel den ersten so genannten Hochleistungskessel, der im Ausbesserungswerk (AW) Braunschweig in die 01 1052 eingebaut wurde.

Der neue Dampferzeuger besaß zwar eine kleinere Gesamtheizfläche und einen kleineren Rost, dafür waren aber die wertvollere Strahlungsheizfläche und die Überhitzerheizfläche deutlich größer ausgefallen. Der Speisedom entfiel. Außerdem erhielten die

Baureihe 01^{10} (Umbaulok DB)

Umbauloks einen Mischvorwärmer der Bauart Heinl, Sandkästen auf dem Umlaufblech und kleine Windleitbleche. Im Unterschied zu den Umbauloks der Baureihe 01 behielten die Dreizylinder-01er den Nassdampfregler der Bauart Schmidt & Wagner. Dank der Verbrennungskammer lieferte der Kessel nun mehr Dampf.

Noch während der Umbau der 01^{10} lief, stellte die DB Überlegungen an, wie sie die Leistung der Maschinen weiter steigern könnte. Die Lösung war der Einbau einer Ölhauptfeuerung, mit der die DB bereits 1955 erste Versuche anstellte. In Zusammenarbeit mit der Firma Henschel entwickelte das Bundesbahn-Zentralamt (BZA) Minden nun eine betriebstaugliche Ölhauptfeuerung, mit der im Frühjahr 1956 als erste Lok ihrer Baureihe die 01 1100 ausgerüstet wurde. Der Kohlekasten im Tender wich einem Ölbehälter. Die Feuerkiste wurde ausgemauert und zwei Brenner am tiefsten Punkt des Stehkessels eingebaut. Da die Flammen in Richtung Feuertür zeigten, wurde die Klapptür der Bauart Marcotty durch einen Spezialtür mit Schauluke und Luftklappen ersetzt. So umgebaut nahm die DB am 13. Juli 1956 die 01 1100 ab. Die Messfahrten des BZA Minden liefen wunschgemäß. Mit einer indizierten Leistung von 2.460 PS_i war die 01 1100 ihren kohlegefeuerten Schwestern (2.340 PS_i) überlegen. Neben der Mehrleistung sprachen auch technologische Vorteile für die ölgefeuerte 01^{10}: So entfiel das zeitraubende Restaurieren der Maschinen, deren Feuerung nun exakt der benötigten Leistung angepasst werden konnte. Außerdem entfiel für den Lokheizer die schwere körperliche Arbeit und er konnte mehr in die Streckenbeobachtung eingebunden werden. Dies und der Umstand, das schweres Heizöl im Vergleich zur Steinkohle ab Mitte der 1950er-Jahre immer billiger wurde, veranlasste die DB, insgesamt 33 Loks der Baureihe 01^{10} auf Ölhauptfeuerung umzurüsten.

Die DB konzentrierte die Baureihe 01^{10} zunächst in den Bahnbetriebswerken Bebra, Hagen-Eckesey, Kassel und Offenburg. Ab 1957 entwickelte sich Osnabrück zur Hochburg der 01^{10} – hier waren im Laufe der Zeit 42 Maschinen stationiert. Über viele Jahre hinweg war die ölgefeuerte 01^{10} die Schnellzugdampflok der DB mit den höchsten Laufleistungen. So legten Osnabrücker Personale mit ihren Loks vor Schnellzügen nach Köln und Hamburg täglich bis zu 881 km zurück. Aber auch die Leistungen des Bw Bebra hatten es in sich. Auf der Nord-Süd-Strecke Würzburg–Bebra–Hamburg spulten die Loks im Sommer 1959 bis zu 945 km herunter. Doch mit der Elektrifizierung der Strecke 1963 begann langsam der Stern der 01^{10} zu sinken. Am 31. Mai 1975 beendete die 012 063 die Ära der Schnellzugdampfloks bei der Deutschen Bundesbahn.

Baureihe 02 (Einheitslok)

Technische Daten		
Bauart		2'C1'h4v
Betriebsgattung		S 36.20
Länge ü. Puffer (Tender 2'2' T 32)	mm	23.750
Höchstgeschwindigkeit v/r	km/h	130/50
Zylinderdurchmesser (HD/ND)	mm	460/720
Kolbenhub	mm	660
Treib- und Kuppelraddurchmesser	mm	2.000
Laufraddurchmesser v/h	mm	850/1.250
Kesselüberdruck	kp/cm²	16
Rostfläche	m²	4,06
Verdampfungsheizfläche	m²	237,56
Dienstmasse (2/3 Vorräte)	t	175,0
Brennstoffvorrat	t	10
Wasserkasteninhalt	m³	32
indizierte Leistung	PS_i	2.300
indizierte Zugkraft (0,8)	Mp	10,96

Als die Deutsche Reichsbahn Anfang der 1920er-Jahre darangehen musste, ihren Fahrzeugpark grundlegend zu modernisieren, konnte sie nicht einfach bewährte Länderbahn-Konstruktionen nachbauen lassen. Zum einen entsprachen die meist aus der Zeit vor dem Ersten Weltkrieg stammenden Konstruktionen nicht mehr dem Stand der Technik, zum anderen hatten die meisten Länderbahnen für ihre Strecken spezielle Gattungen entwickelt. Außerdem hatten sich bei den einzelnen Länderbahnen im Laufe der Jahre eigene Philosophien in Sachen Konstruktion und Technologie durchgesetzt. So hatten auch die Mitglieder des Lokausschusses, der die Entwicklung der neuen Fahrzeuge maßgeblich bestimmte, unterschiedliche Meinungen, wie denn die neuen Einheitsloks aussehen sollen. Einig war man sich darüber, dass alle Gattungen aus Gründen der besseren Instandhaltung und billigeren Fertigung streng typisiert und normiert werden sollten.
Bei der dringend benötigten schweren Schnellzuglokomotive stand nun die Frage nach dem Triebwerk im Raum. Während die Vertreter der ehemaligen süddeutschen Länderbahnen, allen voran Bayern, für das Vierzylinderverbund-Triebwerk plädierten, favorisierten die preußischen Mitglieder das Zweizylinder-Triebwerk, das billiger in Bau und Wartung war. Für das Verbund-Triebwerk hingegen sprachen die besseren Laufeigenschaften, das gleichförmigere Drehmoment sowie der geringere Wasser- und Kohleverbrauch. Letzteres zweifelten jedoch die Verfechter des Zwillings, allen voran der streitbare und zuweilen dogmatische Bauart-Dezernent Richard Paul Wagner an. Nach langen Diskussionen im Lokausschuss einigte man sich auf den Bau von jeweils zehn Zweizylinder- und Vierzylinderverbund-Maschinen. Mit ihnen sollte dann die Streitfrage endgültig beantwortet werden. Allerdings sollten sich die beiden

Typen nur im Triebwerk von einander unterscheiden, so dass die unterlegene Gattung umgebaut werden konnte.
Bereits 1923 lagen die ersten Entwürfe für die Baureihe 02 auf dem Tisch. Die im Bau von Verbundmaschinen erfahrenen Vertreter der süddeutschen Direktionen und die Konstrukteure der Lokfabrik Maffei erhoben Einspruch gegen die im Vereinheitlichungsbüro (VB) angefertigten Entwürfe. Die Dampfkänale und die Steuerung waren nach ihrer Meinung ungeeignet für eine Verbundlok, deren Scheitern sie bereits voraussagten. Weder Richard Paul Wagner noch das VB gingen aber auf diese Kritik ein.
Im Oktober 1925 lieferte Henschel schließlich die 02 001 als erste deutsche Einheitslok ab. Die Deutsche Reichsbahn-Gesellschaft (DRG) präsentierte die Lok auf der Verkehrsausstellung in München. Die 02 002 absolvierte ab 30. Januar 1926 bei der Lokomotiv-Versuchsabteilung (LVA) Grunewald ein umfangreiches Testprogramm. Als Vergleich diente die 01 001, gegen die die 02 002 aber keine Chance hatte. Der Versuchsbericht der LVA Grunewald fiel eindeutig zu Gunsten der Baureihe 01 aus, die im Leistungsbereich bis 1.000 PS_e bis zu neun Prozent weniger Dampf als die Verbundlok verbrauchte. Erst ab 1.000 PS_e war die Baureihe 02 mit einem Minderverbrauch von 3,5 bis 5 Prozent besser. Diese Versuchsergebnisse deckten sich auch mit den Erfahrungen der Bahnbetriebswerke Erfurt P, Hamm und Hof, die die Maschinen der Baureihe 01 und 02 in gemeinsamen Umläufen einsetzten. Weitere Versuchsfahrten im Jahr 1928 bestätigten die Ergebnisse.
Allerdings unterblieb die sonst so akribische Fehlersuche und Fehlerbeseitigung, obwohl die Ursachen für das Scheitern der Baureihe 02 auf der Hand lagern. So waren die Kolbenschieber für die Verbundloks mit einem Durchmesser von 220 mm viel zu klein. Auch der Antrieb der inneren Steuerung war eine Fehlkonstruktion. Durch die falsche Berechnung der Voreilung und der Einlassdeckung war die Füllung der Hochdruck-Zylinder größer als die der Niederdruckzylinder. Dadurch war es dem Lokführer unmöglich, die Leistung des Kessels auch in Maschinenleistung umzusetzen.
Nachdem das Reichsbahn-Zentralamt (RZA) die Beschaffung der Baureihe 01 beschlossen hatte, wurden die zehn Verbundloks im Bw Hof zusammengezogen. Sie bespannten nun Schnellzüge auf den Verbindungen Regensburg–Leipzig, München–Berlin und Hof–Dresden–Breslau. Auf den schwierigen Bergstrecken bewährten sich die Maschinen recht gut. Erst 1937 ordnete das RZA den Umbau der Maschinen an. Das Reichsbahnausbesserungswerk (RAW) Meiningen baute bis 1942 die zehn 02er in 01 011 und 01 233 bis 01 241 um.

Baureihe 03 (Einheitslok, Umbaulok DR)

Technische Daten

		03	03(Umbau)
Bauart		2'C1'h2	2'C1'h2
Betriebsgattung		S 36.17[1]	S 36.17[1]
Länge ü. Puffer (Tender 2'2' T 34)	mm	23.905	23.905
Höchstgeschwindigkeit v/r	km/h	130/50	130/50
Zylinderdurchmesser	mm	570	570
Kolbenhub	mm	660	660
Treib- und Kuppelraddurchmesser	mm	2.000	2.000
Laufraddurchmesser v/h	mm	850[2]/1.250	850[2]/1.250
Kesselüberdruck	kp/cm²	16	16
Rostfläche	m²	4,05	4,05
Verdampfungsheizfläche	m²	202,22	203,65
Dienstmasse (2/3 Vorräte)	t	157,6	158,3
Brennstoffvorrat	t	10	10
Wasserkasteninhalt	m³	34	34
indizierte Leistung	PS_i	1.980	ca. 2.000
indizierte Zugkraft (0,8)	Mp	13,72	13,72

Anmerkungen:
[1] ab 03 123: S 36.18 [2] ab 03 163: 1.000 mm

Mit der Umwandlung der Deutschen Reichsbahn 1924 in die privatrechtlich organisierte Deutsche Reichsbahn-Gesellschaft (DRG) nahm der Kostendruck deutlich zu, musste doch die DRG im Zuge der von Deutschen Reich zu erbringenden Reparationszahlungen ab 1927/28 jährlich einen Überschuss von 550 Millionen Mark erwirtschaften. Dies ging natürlich auch zu Lasten der Investitionen, wobei hier der Ausbau der Hauptstrecken auf eine Achsfahrmasse von 20 Tonnen oberste Priorität besaß. Als Ende der 1920er-Jahre die Verstärkung der Hauptstrecken immer mehr ins Stocken geriet, benötigte die DRG nun eine neue »leichte« Schnellzuglok, da vor allem die in den nord- und ostdeutschen Direktionen eingesetzten Loks der Baureihen 17^0 (ex pr. S 10), 17^2 (ex pr. S 10^2) und 17^{10-12} (ex pr. S 10^2) vor den immer schwerer werdenden Zügen überlastet waren. Zwar versuchte die DRG den Engpass durch den Nachbau von 20 Loks der Baureihe 18^{4-5} (ex bay. S 3/6) zu entspannen, doch die Verbundloks stießen bei den Personalen nicht auf ungeteilte Zustimmung. So schrieb die Hauptverwaltung der DRG schließlich am 20. Februar 1929 die Entwicklung einer 2´C1 – Schnellzugmaschine mit einer maximalen Achsfahrmasse von 17,5 Tonnen aus. Nach nur wenigen Wochen legten das Vereinheitlichungsbüro (VB), die Berliner Maschinenbau AG, vormals Louis Schwartzkopff (BMAG) sowie einen Arbeitsgruppe der Firmen Henschel und Maffei jeweils einen Entwurf für eine Zweizylinder- und eine Vierzylinderverbund-Maschine vor. Bereits im Frühjahr 1929 setzten sich die Mitglieder des Lokausschusses mit den Entwürfen auseinander. Die Verbund-Lok wurde abgelehnt und stattdessen die Entwicklung einer 2'C1 h2-Maschine empfohlen, die aber im Vergleich zur Baureihe 01 einen deutlich stärkeren Rahmen und größere dimensionierte Lager besitzen sollte. Mit der Lieferung der gewünschten drei Baumuster beauftragte die RZA schließlich die Firma Borsig, die am 3. Juli 1930 die 03 001 an die DRG übergab. Bei den anschließenden Messfahrten der Lokomotiv-Versuchsabteilung (LVA) Grunewald erwies sich die Baureihe 03 als eine gelungene Konstruktion, die die Erwartungen in Sachen Leistung, Zugkraft und Verbrauch erfüllte. Lediglich das Laufverhalten der Baureihe 03 konnte nicht völlig befriedigen.

Nach einigen konstruktiven Änderungen – so wurde der Kesseldruck von 14 auf 16 kp/cm^2 erhöht und der Zylinderdurchmesser von 600 auf 570 mm verringert – begann 1931 die Serienfertigung der Baureihe 03. 1933 wurden die Zeichnungen noch einmal überarbeitet: Nun wurden die Loks mit doppelseitig wirkenden Scherenbremsen und größeren Laufrädern im vorderen Drehgestell ausgerüstet. Die DRG stellte bis 1938 insgesamt 298 Exemplare der Baureihe 03 in Dienst, die damit die meist gebaute deutsche Schnellzuglok war.

Auch zahlreiche Versuche nahm die DRG mit der Baureihe 03 vor. So diente die 03 154 mit verschiedenen Verkleidungen als Erprobungsträger für die Stromlinienverkleidung, mit der später die Baureihen 01^{10}, 03^{10}, 05, 06 und 61 ausgerüstet wurden. Als Betriebsreserve für die Baureihe 05 erhielt die 01 193 als einzige ihrer Baureihe ein entsprechende Stromlinienverkleidung.

Nach dem Zweiten Weltkrieg verblieben in der Bundesrepublik 144 und bei der Deutschen Reichsbahn (DR) in der DDR 81 Maschinen. Weitere Loks reihten die Polnische Staatsbahn und die Sowjetische Staatsbahn in ihren Bestand ein. Bundes- und Reichsbahn konnten auf ihre 03er noch lange nicht verzichten. Hochburgen waren dabei die Bundesbahndirektionen Hamburg, Hannover und Münster. Ab Anfang der 1960er-Jahre verloren die Maschinen immer mehr Leistungen im Zuge des Traktionswechsels. Bis 1969 schrumpfte der Bestand auf 21 Exemplare zusammen, die vom Bw Ulm aus ihre letzten Einsätze erbrachten. An 3. September 1973 verabschiedete sich die 03 088 als letzte aus dem aktiven Dienst.

In der DDR bildete die Baureihe 03 gemeinsam mit den 01er das Rückgrat im schweren Reisezugdienst. Um den Wirkungsgrad der Maschinen zu verbessern, rüstete die DR ab 1960 mit Mischvorwärmer-Anlagen der Bauart IfS und Aschkästen der Bauart Stühren aus. Außerdem wurden die meisten Loks im Zuge dieses Umbaus auch mit kleinen Windleitblechen ausgestattet. Vier Loks erhielten außerdem einen geschweißten Nachbau-Ersatzkessel nach alten Zeichnungen und fünf Loks wurden mit geschweißten Stehkesseln ausgerüstet. Obwohl die DR ab 1969 den größten Teil hier noch vorhandenen 03er mit Reko-Kesseln ausrüsten ließ, standen die Umbau-Loks fast bis zum Schluss unter Dampf. Als letzte von ihnen wurde 1981 die 03 128 ausgemustert.

Baureihe 03 (Rekolok DR)

Technische Daten

Bauart		2'C1'h2
Betriebsgattung		S 36.17[1]
Länge ü. Puffer (Tender 2'2' T 34)	mm	23.905
Höchstgeschwindigkeit v/r	km/h	130/50
Zylinderdurchmesser	mm	570
Kolbenhub	mm	660
Treib- und Kuppelraddurchmesser	mm	2.000
Laufraddurchmesser v/h	mm	850[2]/1.250
Kesselüberdruck	kp/cm^2	16
Rostfläche	m^2	4,23
Verdampfungsheizfläche	m^2	206,3
Dienstmasse (2/3 Vorräte)	t	159,4
Brennstoffvorrat	t	10
Wasserkasteninhalt	m^3	34
indizierte Leistung	PS_i	ca. 2.100
indizierte Zugkraft (0,8)	Mp	13,72

Anmerkungen:
[1] ab 03 123: S 36.18 [2] ab 03 163: 1.000 mm

Nach dem Zweiten Weltkrieg waren der Deutschen Reichsbahn (DR) in der DDR nur 81 Maschinen der Baureihe 03 verbleiben. Nach der Ausmusterung der durch Kampfhandlungen schwer beschädigten Maschinen und der Instandsetzung der Schadloks gehörten ab 1955 insgesamt 78 Maschinen der Baureihe 03 zum Betriebspark der DR. Die in den Bahnbetriebswerken Berlin Ostbahnhof, Halle P und Leipzig Hbf West beheimateten Loks trugen den größten Teil des hochwertigen Reiseverkehrs in der DDR. Als Ende der 1950er-Jahre das großzügige Rekonstruktions-Programm der DR anlief, stand auch die Modernisierung der Baureihe 03 zur Debatte. Allerdings sahen weder die Hauptverwaltung der Maschinenwirtschaft (HvM) noch das damals zuständige Reichsbahnausbesserungswerk (Raw) Karl-Marx-Stadt einen zwingenden Grund, die Loks zu rekonstruieren. Die Kessel befanden sich in einem ausgezeichneten Unterhaltungszustand und schwere konstruktive Mängel, die unbedingt beseitigt werden mussten, gab es bei der Baureihe 03 nicht. Aus diesen Gründen strich die HvM die Baureihe 03 und gab stattdessen der Rekonstruktion der Baureihe 01 dem Vorrang. Doch diese Entscheidung stieß bei den Personalen auf wenig Verständnis, denn die Baureihe 03 musste auch vor Zügen eingesetzt werden, die von ihrem Gewicht und ihrer Geschwindigkeit her für die 01 ausgelegt waren. Mit der Rekonstruktion der Baureihe 01 befürchteten die Eisenbahner, dass die Leistungsdifferenz zwischen 01 und 03 weiter zunehmen würden. Nachdem dieser Umstand im Frühjahr 1963 durch einen Artikel der Eisenbahnerzeitung »Fahrt frei« Publik wurde, ließ die HvM die Dienstpläne der Baureihe 01 und 03 analysieren. Und tatsächlich, die schwächere 03 musste schwerere Züge bei höheren Geschwindigkeiten befördern. Dies führte zwar zum Abbruch der Rekonstruktion der Baureihe 01, die Modernisierung der Baureihe 03 war aber kein Thema. Alles blieb, wie es war. Erst fünf Jahre später – das Reko-Programm der DR war seit der Indienststellung der 52 8200 am 18. Dezember 1967 offiziell beendet – kam das Thema wieder zur Sprache. Dazu gab es zwei Auslöser: Im Sommer 1968 beauftragte das Politbüro der SED die HvM, eine so genannte strategische Dampflokreserve anzulegen, zu der auch 45 Loks der Baureihe 03 gehören sollten. Den entscheidenden Impuls jedoch brachte der Traktionswechsel. Mit der Aufnahme der elektrischen Zugförderung auf der als Sachsenmagistrale bekannten Strecke Dresden–Zwickau–Reichenbach wurden auf einem Schlag zahlreiche Dampflokomotiven der Baureihe 22 (siehe Seite 84) frei. Die erst wenige Jahre alten Reko-Maschinen sollten nun entweder verschrottet oder als Dampfspender umgebaut werden. Dies wäre jedoch eine unverantwortliche Verschwendung von Geld und Material gewesen. In dieser Situation schlug ein Mitarbeiter der HvM vor, die Reko-Kessel der Baureihe 22 für eine nachträgliche Modernisierung der Baureihe 03 zu verwenden. Das Raw Meiningen, dass inzwischen für die Unterhaltung der Baureihe 03 zuständig war, stellte innerhalb weniger Wochen die entsprechenden Zeichnungen und Kostenvoranschläge auf. Der Einbau des Reko-Kessels im Zuge einer planmäßigen Untersuchung beliefen sich auf etwas mehr als 10.500 Mark. Die Zustimmung der HvM war nur noch eine Formsache.

Anfang 1969 begann schließlich der Einbau der 22er-Kessel bei der Baureihe 03. Als erste Loks ihrer Gattung verließen am 3. Februar 1969 die 03 081 und die 03 151 mit Reko-Kesseln das Raw Meiningen. Äußerlich unterschieden sich die Rekoloks von den Altbau-Maschinen durch zwei Kesselaufbauten (Altbau: drei), die größere Anzahl der Waschluken am Stehkessel und den Seitenzug-Regler. Mit dem neuen Dampferzeuger nahm die Leistung der Baureihe 03 deutlich zu, die nun auch teilweise die Altbau-01ersetzen konnte. Die verspätete Rekonstruktion der Baureihe 03 zog sich schließlich bis 1975 hin. Doch als die 03 058 als 52. und letzte Lok am 21. Oktober 1975 abgenommen wurde, war der Traktionswechsel im schweren Schnellzugdienst nicht mehr zu übersehen. Die Dieselloks der Baureihen 118 (ab 1992: 228) und 132 (ab 1992: 232) verdrängten die 03er schrittweise aus ihren angestammten Leistungen. Auch in den Hochburgen Berlin Ostbahnhof, Frankfurt (Oder), Görlitz, Oebisfelde, Leipzig Hbf West und Magdeburg wurden die eleganten Maschinen verdrängt. Bereits 1977 musterte die DR etliche Loks wieder aus. Ende 1978 setzten nur noch die Bahnbetriebswerke Güsten und Lutherstadt Wittenberg einige wenige Reko-03er im Plandienst ein. Im Sommer 1980 waren nur noch 03 002 (Bw Güsten) und 03 117 (Bw Oebisfelde) einsatzfähig. Im Herbst 1980 war auch das Vergangenheit.

Baureihe 03^{10} (Einheitslok)

Technische Daten

Bauart		2'C1'h3
Betriebsgattung		S 36.18
Länge ü. Puffer (Tender 2'2' T 34)	mm	23.905
Höchstgeschwindigkeit v/r	km/h	140/50
Zylinderdurchmesser	mm	470
Kolbenhub	mm	660
Treib- und Kuppelraddurchmesser	mm	2.200
Laufraddurchmesser v/h	mm	1.000/1.250
Kesselüberdruck	kp/cm^2	16
Rostfläche	m^2	3,89
Verdampfungsheizfläche	m^2	203,15
Dienstmasse (2/3 Vorräte)	t	164,4
Brennstoffvorrat	t	10
Wasserkasteninhalt	m^3	34
indizierte Leistung	PS_i	1.790
indizierte Zugkraft	Mp	14,00

Als die Deutsche Reichsbahn-Gesellschaft (DRG) Mitte der 1930er-Jahre mit ihren Vorbereitungen zum Aufbau eines engmaschigen Schnellverkehrsnetzes in Deutschland begann, stand auch eine Überarbeitung der Baureihe 03 zur Debatte. Wie bei der Baureihe 01 vermochte das Fahrverhalten der Baureihe 03 aufgrund der Zweizylinder-Triebwerks im oberen Geschwindigkeitsbereich nicht restlos zu überzeugen. Bei der geplanten weiteren Verkürzung der Reisezeiten befürchtete die Hauptverwaltung der DRG, dass die Schäden an den Maschinen weiter zunehmen würden. Deshalb ordnete die Hauptverwaltung am 10. Mai 1935 parallel zur Entwicklung einer mehrzylindrigen 01er auch die Konstruktion einer neuen 03 an. Gemeinsam mit den Entwürfen für die Baureihe 01^{10} (siehe Seite 16) übergab das Reichsbahn-Zentralamt (RZA) bereits im September 1935 die gewünschten Entwürfe. Der Lokausschuss beschäftigte sich mit diesem Thema schließlich im Oktober 1935. Wie bei der 01^{10} lehnten die Mitglieder des Gremiums auch das Vierzylinderverbund-Triebwerk für die Baureihe 03^{10} ab und plädierten zähneknirschend für das Dreizylinder-Triebwerk, denn die Ausbesserungswerke sahen keine Notwendigkeit für die Abkehr vom Zwilling. Die relativ hohen Unterhaltungskosten bei den Zweizylinderloks führten sie auf andere Ursachen zurück. Die Hauptverwaltung blieb jedoch bei ihrer Entscheidung für die stromlinienverkleideten Dreizylinder-Schnellzugloks der Baureihe 03^{10}.

Mit der Beschaffung der seitens der Hauptverwaltung so dringend geforderten Maschinen ließ man sich allerdings Zeit, obwohl die konstruktiven Arbeiten bereits nach wenigen Monaten beendet waren. Erst 1938 bestellte die Hauptverwaltung bei den Firmen Borsig, Krupp und Krauss-Maffei insgesamt 140 Maschinen. Über ein Jahr später, am 5. De-

zember 1939 lieferte Borsig schließlich die 03 1001 aus. Mit der Endabnahme hatte es Reichsbahn scheinbar nicht so eilig – erst am 27. Februar 1940 erhielt die Lok ihre Papiere.

Durch den Zweiten Weltkrieg hatte sich die betriebliche Situation bei der Reichsbahn inzwischen grundlegend geändert. Der hochwertige Reiseverkehr und vor allem der Schnellverkehr wurden Anfang 1940 auf ein Minimum reduziert. Wie bei der 01^{10} bestand nun auch bei der 03^{10} kein echter Bedarf mehr. Noch im Frühjahr 1940 stornierte die Hauptverwaltung ihre Bestellung und forderte die Firmen auf, nur noch die bereits begonnenen Maschinen fertigzustellen. So wurden lediglich 60 Loks abgenommen, die die Betriebs-Nummern 03 1001–1022, 03 1043–1060 und 03 1073–1092 trugen. Das Lokomotiv-Versuchsamt (LVA) Grunewald führte mit der 03^{10} noch zahlreiche Messfahrten durch. Dabei zeigte sich, dass die Dreizylinderlok mit einer indizierten Leistung von 1.790 PS_i ihrer Zweizylinder-Schwester mit 1.980 PS_i leicht unterlegen war. Dank der Stromlinienverkleidung erreichte die 03^{10} aber im oberen Geschwindigkeitsbereich ein höhere effektive Leistung. Doch diesen Vorteil konnten die Maschinen im Betriebsdienst nicht mehr ausspielen, da die Reichsbahn sie auf zahlreiche Bahnbetriebswerke verteilte. Dazu gehörten unter anderem Berlin-Grunewald, Breslau Hbf, Köln Bbf, Nürnberg Hbf, Saarbrücken Hbf, Schneidemühl Pbf und Ulm. Lediglich das Bw Linz (Donau) besaß für den Schnellzugdienst in Richtung Wien mit 13 Maschinen einen größeren Bestand. Allerdings waren die Maschinen bei den Personalen wenig beliebt. Die Jalousien der Stromlinienverkleidung klemmten oft und behinderten die Wartung des Triebwerks. Noch 1944 wurde die Verkleidung im Triebwerksbereich bei zahlreichen Maschinen entfernt. Außerdem neigte der Kessel sehr leicht zum Erschöpfen, zum Verschlacken des Feuers und zum Rohrelaufen. Selbst routinierte Heizer hatten Probleme, den Druck zu halten.

Nach dem Zweiten Weltkrieg übernahm die Deutsche Bundesbahn 26 Maschinen. Der Deutschen Reichsbahn in der DDR verblieben 19 Maschinen. Die Polnische Staatsbahn (PKP) reihte neun Loks als Pm 3 in ihren Bestand ein. Während DB und DR bei ihren Maschinen die Stromlinienverkleidung vollständig entfernte, baute die PKP nur die Verkleidung unterhalb des Kessels ab. In diesem Zustand zeigt sich noch heute die Pm 3-3 (ex 03 1005) im Verkehrsmuseum Warschau.

Baureihe 03^{10} (Umbaulok DB)

Technische Daten		
Bauart		2'C1'h3
Betriebsgattung		S 36.18
Länge ü. Puffer (Tender 2'2' T 34)	mm	23.905
Höchstgeschwindigkeit v/r	km/h	140/50
Zylinderdurchmesser	mm	470
Kolbenhub	mm	660
Treib- und Kuppelraddurchmesser	mm	2.000
Laufraddurchmesser v/h	mm	1.000/1.250
Kesselüberdruck	kp/cm^2	16
Rostfläche	m^2	3,87
Verdampfungsheizfläche	m^2	177,54
Dienstmasse (2/3 Vorräte)	t	104,2[1]
Brennstoffvorrat	t	10
Wasserkasteninhalt	m^3	34
indizierte Leistung	PS$_i$	ca, 1.850
indizierte Zugkraft	Mp	14,00

Anmerkung:
[1] ohne Tender

Nach dem Zweiten Weltkrieg gehörten die 26 bei der Deutschen Bundesbahn (DB) verbliebenen Maschinen der Baureihe 03^{10} zu den jüngsten Dampflokomotiven. Als Ende der 1940er-Jahre das Angebot an schnellfahrenden Reisezügen immer weiter ausgebaut wurde, konnte die DB auf die Dreizylinder-Maschinen nicht verzichten. Da der DB aber Werkstattkapazitäten fehlten, beauftragte sie die Firma Henschel mit der Instandsetzung der 03^{10}, die mit der 03 1013 im Oktober 1949 begann. Dabei wurde die Stromlinienverkleidung entfernt und die Loks mit kleinen Windleitblechen, Umläufen und einer schmalen Schürze vor der Rauchkammer ausgerüstet. Im Gegensatz zur 01^{10} erhielt die 03^{10} eine vollständige Rauchkammertür mit Zentralverschluss. Für den Einsatz vor ausgewählten Fernschnellzügen, wie dem »Blauen Enzian«, wurden 03 1014, 03 1022 und 03 1043 stahlblau lackiert.

Die DB konzentrierte die Maschinen nach der Hauptuntersuchung bei Henschel in den Bahnbetriebswerken Dortmund Bbf, Ludwigshafen und Offenburg. Doch die Freude an der 03^{10} währte nicht lange. Nach nur wenigen Monaten traten an den Kesseln der erst wenige Jahre alten Loks verstärkt Risse auf, die nicht geschweißt werden konnten. Auch der Versuch, schadhafte Partien durch Flicken zu ersetzen, blieb erfolglos. Als Ursache erkannten die Ingenieure und Werkstoffexperten den verwendeten Stahl der Sorte St 47 K. Dieser sehr feste Stahl war nicht alterungsbeständig und sehr spröde. Durch Schweißarbeiten wurde dieser Prozess noch verstärkt. Die gleichen Probleme hatte die DB mit den Dampferzeugern der Baureihen 01^{10}, 41 und 50. Da man auf die Baureihe 03^{10} noch

nicht verzichten konnte, wurde das Bundesbahn-Zentralamt (BZA) Minden mit der Entwicklung eines Ersatzkessels für die 03^{10} beauftragt. Da die Kesselleistungen der Baureihen 03^{10} und 41 in etwa gleich waren, sollte der neue Dampferzeuger auch für beide Typen verwendbar sein. Unter der Federführung des Bauart-Dezernenten Friedrich Witte entstand nun der so genannte Hochleistungskessel, der mit einer Verbrennungskammer und einem Heißdampfregler ausgerüstet war. Nach Abschluss der Konstruktionsarbeiten erlaubte die Hauptverwaltung der DB am 3. Februar 1956 den Bau der gewünschten Kessel, die die Firma Krupp anfertigte. Das Ausbesserungswerk (AW) Braunschweig baute schließlich von März 1958 bis November 1959 die Hochleistungskessel ein. Nach diesem Umbau waren die Loks nicht wiederzuerkennen: Der große hochliegende Kessel mit dem flachen Schornstein und das breite Trittblech unter der Rauchkammer mit den weit außenliegenden Spitzenlichtern gaben den Maschinen ein markantes Aussehen. Einige Maschinen wurden außerdem mit Vollscheibenrädern im vorderen Drehgestell ausgerüstet. Der Tender wurde mit Abdeckklappen und einer Kohlenachschubeinrichtung ausgerüstet. Weitere Änderungen waren die Sandkästen auf dem Umlaufblech, Pendelrollenlager für die Treib- und Kuppelstangen sowie die Mischvorwärmer-Anlage der Bauart 1957. Rund 165.000 Mark kostete der Umbau einer Maschine.

Nach dem Umbau wurden die Maschinen im Bw Hagen-Eckesey konzentriert. Doch einen echten Bedarf für die Baureihe 03^{10} gab es eigentlich durch die fortschreitende Elektrifizierung nicht mehr. Außerdem vermochten die Umbau-Loks im Betriebsdienst nicht zu überzeugen. Zwar bestach der Kessel durch seine sehr gute Verdampfungsleistung, doch dafür sorgte der Heißdampfregler für sehr viel Ärger. Der relativ flache Dampfdom führte bereits bei etwas zu hohem Wasserstand im Kessel und ungenauer Dosierung des Speisewassers sehr leicht zum Wasserüberreißen. Der dabei mitgerissene Kesselschlamm brannte sich dann in den Ventilen ein. Nun konnte der Lokführer den Regler entweder gar nicht oder nur mit sehr großem Kraftaufwand bedienen. Bereits nach wenigen Wochen verursachten die Heißdampfregler der umgebauten 03^{10} derart viele Zuglaufstörungen, dass das Bw Hagen-Eckesey eine Lösung der Problems verlangte. Das BZA Minden erließ nun verschiedene Anordnungen zur Wartung und Bedienung des Heißdampfreglers, doch umsonst. Auch der Einbau einer Spüleinrichtung half nichts. Den einfachsten Weg, den Einbau eines herkömmlichen Nassdampfreglers wie bei der 03 1021, ging die DB nicht mehr. Bereits 1966 schlug das letzte Stündlein für die Umbau-Loks.

Baureihe 03^{10} (Rekolok DR)

Technische Daten

		Kohlefeuerung	Ölhauptfeuerung
Bauart		2'C1'h3	2'C1'h3
Betriebsgattung		S 36.18	S 36.18
Länge ü. Puffer (Tender 2'2' T 34)	mm	23.905	23.905
Höchstgeschwindigkeit v/r	km/h	140/50	140/50
Zylinderdurchmesser	mm	470	470
Kolbenhub	mm	660	660
Treib- und Kuppelraddurchmesser	mm	2.000	2.000
Laufraddurchmesser v/h	mm	1.000/1.250	1.000/1.250
Kesselüberdruck	kp/cm^2	16	16
Rostfläche	m^2	4,23	4,23
Verdampfungsheizfläche	m^2	206,3	206,3
Dienstmasse (2/3 Vorräte)	t	162,0	167,3
Brennstoffvorrat	t	10	13,5[1]
Wasserkasteninhalt	m^3	34	34
indizierte Leistung	PS_i	ca. 1.900	ca. 2.000
indizierte Zugkraft (0,8)	Mp	14	14

Anmerkung:
[1] 13,5 m^3 Heizöl

Der Deutschen Reichsbahn (DR) in der DDR waren nach dem Zweiten Weltkrieg 19 Maschinen der Baureihe 03^{10} verblieben, von denen aber nur 18 wieder betriebsfähig aufgearbeitet wurden. Bereits Anfang der 1950er-Jahre traten bei den Maschinen, wie bei der DB, zahlreiche Kesselschäden auf. Die Ursache war auch hier der verwendete Stahl St 47 K. Bereits im Herbst 1955 beschäftigte sich die DR mit diesem Problem. Die Brisanz unterschätzten jedoch die verantwortlichen Mitarbeiter, als sie eine erneute Reparatur der Dampferzeuger anordneten. Zwar war die Beschaffung eines modernen Verbrennungskammer-Kessels für die Baureihe 03^{10} geplant, doch bis zu dessen Lieferung glaubte man die Kessel aus St 47 K weiterbetreiben zu können. Bereits 1956 verschärfte sich die Situation weiter. Nach einer Sonderuntersuchung der Kessel mussten 03 1077 und 03 1088 wegen irreparabler Schäden abgestellt werden. Für diese Maschine gab die DR beim VEB Schwermaschinenbau-Kombinat »Karl Liebknecht« (SKL) Magdeburg geschweißte Ersatzkessel nach den alten Zeichnungen in Auftrag. Im Frühjahr 1957 wurden beide Loks mit diesen Dampferzeugern ausgerüstet. Die Konstruktion des dringend benötigten Verbrennungskammer-Kessel verzögerte sich derweil weiter.

Baureihe 03^{10} (Rekolok DR)

Mit fatalen Folgen: Am 30. September 1957 explodierte im Bahnhof Wünsdorf der St 47 K-Kessel der 03 1046. Die eingesetzte Untersuchungskommission stellte als Ursache Materialermüdung fest. Erst jetzt reagierte die DR und forderte die Rekonstruktion der Maschinen für das Jahr 1959. Als erste stellte das Reichsbahnausbesserungswerk (Raw) Meiningen am 10. Februar 1959 die 03 1010 fertig. Die 03 1046 wurde ebenfalls wieder instandgesetzt. Der Reko-Kessel von Typ 39E, mit dem die BR 03^{10} ausgerüstet wurde, fand auch bei den Loks der Baureihen 22 und 41 Verwendung. Dank der Verbrennungskammer und des für Braunkohlenfeuerung ausgelegten großen Rostes erwies sich der Dampferzeuger als sehr leistungsfähig. Außerdem wurden die Maschinen mit einer Mischvorwärmer-Anlage ausgerüstet. Lediglich die als Bremsloks in der Versuchs- und Entwicklungsstelle der Maschinenwirtschaft (VES-M) in Halle genutzten 03 1010 und 03 1074 behielten ihre Oberflächenvorwärmer.

Die DR beheimatete die Maschinen fast ausschließlich im Bw Stralsund, das die 03^{10} im schweren Schnellzugdienst nach Rostock, Berlin und Saßnitz einsetzte. Zwischen 1965 und 1972 rüstete das Raw Meiningen 16 Loks mit einer Ölhauptfeuerung aus. Dabei wurden die 03 1077 und 03 1088 noch nachträglich mit einem Reko-Kessel ausgerüstet. Erst Ende der 1970er-Jahre hatten die 03^{10} bei der DR ausgedient. Am 31. August 1980 bespannte die 03 1010 den letzten Planzug.

Baureihe 04 (Einheitslok)

Technische Daten

Bauart		2'C1'h4v
Betriebsgattung		S 36.18
Länge ü. Puffer (Tender 2'2' T 32)	mm	23.905
Höchstgeschwindigkeit v/r	km/h	130[1]/50
Zylinderdurchmesser (HD/ND)	mm	350/520
Kolbenhub	mm	660
Treib- und Kuppelraddurchmesser	mm	2.000
Laufraddurchmesser v/h	mm	1.000/1.250
Kesselüberdruck	kp/cm^2	25
Rostfläche	m^2	4,1
Verdampfungsheizfläche	m^2	188,6[2]
Dienstmasse (2/3 Vorräte)	t	106,5[3]
Brennstoffvorrat	t	10
Wasserkasteninhalt	m^3	32
indizierte Leistung	PS_i	k.A.
indizierte Zugkraft	Mp	k.A.

Anmerkungen:
[1] zeitw. für 140 km/h zugel.
[2] 206,8 m^2 bei 04 002
[3] ohne Tender; 109,5 t bei 04 002

Ende der 1920er-Jahre suchte die DRG nach Wegen zur Verbesserung des Wärmehaushalts ihrer Dampflokomotiven. Von der Anhebung des zulässigen Kesseldrucks und Nutzung des Verbundtriebwerks versprachen sich die Ingenieure eine deutliche Steigerung der Leistung bei gleichzeitiger Senkung des Verbrauches. In Anlehnung an die Baureihe 03 entstanden die beiden so genannten Mitteldruck-Loks der Baureihe 04, die Krupp 1932 lieferte. Kernstück der Maschine war der für 25 kp/cm^2 zugelassene und aus Spezialstahl gefertigte Kessel. Nach ihrer Endabnahme kamen beide Maschinen zu Messfahrten zur Lokomotiv-Versuchsabteilung (LVA) Grunewald. Allerdings mussten die Loks nach kurzer Zeit wegen mehrerer Undichtigkeiten abgestellt werden. Erst nach einigen Änderungen konnten die Versuche fortgesetzt werden. Die Ergebnisse verblüfften: Während die 04 001 nicht an die Leistung der 03 herankam, lag die 04 002 bereits im Leistungsbereich der 01. Doch überschattet wurden diese hervorragenden Leistungen von den ständigen Undichtigkeiten an den Kesseln. Hier zeigte sich, dass der Mehraufwand für den höheren Kesseldruck in keinen Verhältnis zum Wartungsaufwand stand. Aus diesem Grund reduzierte die DR den Kesseldruck auf 20 kp/cm^2, ohne dass jedoch die Leistung der Loks deutlich abnahm. Ab 1935 wurden die beiden 04er zur Baureihe 02^{10} umgezeichnet und zum Bw Hof umgesetzt. Wegen Wassermangels explodierte am 3. April 1939 bei Rothenstadt (Oberpfalz) der Kessel der 02 102, bei dem das Personal ums Leben kam. Dies nahm die Hauptverwaltung in Berlin zum Anlass auch die 02 101 abzustellen. Beide Loks wurden schließlich 1940 verschrottet.

Technische Daten

Bauart		2'C2'h3
Betriebsgattung		S 37.19
Länge ü. Puffer (Tender 2'3 T 37 St)	mm	26.265
Höchstgeschwindigkeit v/r	km/h	175/50
Zylinderdurchmesser	mm	450
Kolbenhub	mm	660
Treib- und Kuppelraddurchmesser	mm	2.300
Laufraddurchmesser v/h	mm	1.100/1.100
Kesselüberdruck	kp/cm²	16[1]
Rostfläche	m²	4,71
Verdampfungsheizfläche	m²	255,52
Dienstmasse (2/3 Vorräte)	t	20,15
Brennstoffvorrat	t	10
Wasserkasteninhalt	m³	37
indizierte Leistung	PS_i	2.360
indizierte Zugkraft (0,8)	Mp	13,95

Anmerkung:
1 ursprünglich 20 kp/cm²; später reduziert

Anfang der 1930er-Jahre benötigte die Deutsche Reichsbahn-Gesellschaft (DRG) für die Erprobung neuer Reisezugwagen bei 150 km/h eine spezielle Schnellfahr-Maschine. Da Erfahrungen mit Dampflokomotiven in diesem Geschwindigkeitsbereich fehlten, schrieb die DRG die Entwicklung aus. Pionierarbeit in diesem Bereich leistete dabei die Firma Borsig, die 1933 auch den Zuschlag zur Konstruktion und zum Bau der beiden 2'C2'h3-Maschinen erhielt. Beide Loks erhielten eine Stromlinienverkleidung, da dadurch im oberen Geschwindigkeitsbereich deutlich höhere Leistungen erzielt werden konnten. Anhand von Modellen hatte man im Windkanal der TH Berlin-Charlottenburg die optimale Form ermittelt. Am 8. März 1935 war es dann endlich soweit: Borsig übergab die 05 001 der DRG. Anschließend übernahm die Lokomotiv-Versuchsabteilung (LVA) Berlin-Grunewald die Maschinen für ausgiebige Versuchsfahrten, wo die Loks bis 180 km/h ausgefahren wurden.

Für Aufsehen sorgten die weinroten Stromlinien-Maschinen ein Jahr später: Bei einer Demonstrationsfahrt stellte am 11. Mai 1936 die 05 002 den Geschwindigkeitsrekord für deutsche Dampflokomotiven auf. Auf einer Fahrt von Hamburg nach Berlin erreichte sie mit einem 197 Tonnen schweren Zug stolze 200,4 km/h!

Nach Abschluss der Versuchsfahrten kamen beide Loks zum Bw Altona, das sie vor Schnellzügen nach Berlin einsetzte. Die Maschinen verblieben nach dem Zweiten Weltkrieg bei der Deutschen Bundesbahn, und waren ab Sommer 1951 im Bw Hamm beheimatet. Im Sommer 1958 schieden sie aus dem Betriebsdienst aus. Die 05 001 blieb als Schaustück im Verkehrsmuseum Nürnberg erhalten.

Dampflok 05 003 (Einheitslok)

Technische Daten		
Bauart		2'C2'h3
Betriebsgattung		S 37.19
L. ü. Puffer (Tender 2'3 T 38,5 St)	mm	26.765
Höchstgeschwindigkeit v/r	km/h	175/50
Zylinderdurchmesser	mm	450
Kolbenhub	mm	660
Treib- und Kuppelraddurchmesser	mm	2.300
Laufraddurchmesser v/h	mm	1.100/1.100
Kesselüberdruck	kp/cm²	16[1]
Rostfläche	m²	4,40
Verdampfungsheizfläche	m²	226,52
Dienstmasse (2/3 Vorräte)	t	198,2
Brennstoffvorrat	t	12
Wasserkasteninhalt	m³	38,5
indizierte Leistung	PS_i	2.400
indizierte Zugkraft	Mp	13,95

Anmerkung:
[1] ursprünglich 20 kp/cm²; später reduziert

Bereits während der Vorarbeiten für die 05 001 und 05 002 meldeten maßgebliche Mitarbeiter der Reichsbahn-Hauptverwaltung Sicherheitsbedenken an. Sie bezweifelten, dass das Personal bei 175 km/h Höchstgeschwindigkeit durch den hinter dem Kessel liegenden Führerstand die Strecke und die Signale immer einwandfrei beobachten könne. Sie forderten deshalb eine Schnellfahrlok mit Frontführerstand.

Der Chefkonstrukteur von Borsig, Adolf Wolff, hatte einen ungewöhnliche Idee: Er schlug vor, die Maschine mit dem Stehkessel voraus einzusetzen und den Tender hinter der Rauchkammer anzuordnen. Dadurch schied aber die traditionelle Kohlefeuerung aus. Wolff sah deshalb eine Kohlenstaubfeuerung vor. Neu war auch die Verbrennungskammer, mit der der Brennweg für den Kohlenstaub verlängert werden sollte.

1937 nahm die DRG die 05 003 ab. Die ersten Versuchsfahrten verliefen recht erfolgreich. Als die Lok jedoch später mit Steinkohlenstaub gefeuert wurde, traten erhebliche Schwierigkeiten auf, weshalb die DRG den Umbau der Lok in eine klassische Dampflok anordnete. Dies zog sich bis zum März 1945 hin. Als die 05 003 schließlich im Bw Hamburg-Altona eintraf, hatte man dort für sie keine Verwendung und stellte sie ab. Erst nach einer Hauptuntersuchung bei Kraus-Maffei 1950 kam sie im Bw Hamm in Fahrt. Acht Jahre später hatte die 05 003 ausgedient.

Baureihe 06 (Einheitslok)

Technische Daten		
Bauart		2'D2'h3
Betriebsgattung		S 48.
L. ü. Puffer (Tender 2'3 T 38 St)	mm	26.520
Höchstgeschwindigkeit v/r	km/h	140/50
Zylinderdurchmesser	mm	520
Kolbenhub	mm	720
Treib- und Kuppelraddurchmesser	mm	2.000
Laufraddurchmesser v/h	mm	1.000/1.000
Kesselüberdruck	kp/cm²	16[1]
Rostfläche	m²	4,82
Verdampfungsheizfläche	m²	288,54
Dienstmasse (2/3 Vorräte)	t	207,95
Brennstoffvorrat	t	10
Wasserkasteninhalt	m³	38
indizierte Leistung	PS_i	2.800
indizierte Zugkraft	Mp	18,96

Anmerkung:
[1] ursprünglich 20 kp/cm²; später reduziert

Anfang der 1930er-Jahre benötigte die Deutsche Reichsbahn-Gesellschaft (DRG) für den schweren Schnellzugdienst im Hügelland dringend eine neue vierfachgekuppelte Maschine, deren Entwicklung 1934 ausgeschrieben wurde. Im Interesse einer rationellen Fertigung sollten Baugruppen der parallel entwickelten Güterzug-Maschinen der Baureihen 41 und 45 verwendet werden. Nach den ersten Vorentwürfen beauftragte die DRG die Firma Krupp mit der Konstruktion und Fertigung der beiden gewünschten Baumuster. Obwohl Krupp eine 1'D2'-Maschine vorgeschlagen hatte, bestand die DRG auf der Achsfolge 2'D2', da man Zweifel an der Betriebssicherheit des von Krupp vorgeschlagenen Krauss-Helmholtz-Lenkgestells hatte. Ein weiterer Streitpunkt war der Kessel. Obwohl einige Ingenieure bezweifelten, dass der vom Bauart-Dezerneten Richard Paul Wagner favorisierte Langrohrkessel die geforderte Verdampfungsleistung bringen könne und den Belastungen gewachsen sei, beharrte Wagner auf diesem.
Erst 1939 nahm die Reichsbahn die beiden Loks, die als die größten deutschen Schnellzug-Maschinen in die Eisenbahngeschichte eingingen, ab. Doch weder vor dem Messwagen des Lokomotiv-Versuchsamtes (LVA) Grunewald noch vor Planzügen konnte die 06 überzeugen. Noch während des Zweiten Weltkrieges wurden beide Loks abgestellt. Die von der DB erwogene Neubekesselung unterblieb und so wurden beide Maschinen 1951 ausgemustert.

Dampflok 07 1001 (Umbaulok DR)

Technische Daten		
Bauart		2'C1'h4v
Betriebsgattung		S 36.19
L. ü. Puffer (Tender 2'2' T 28 Kst)	mm	22.880
Höchstgeschwindigkeit v/r	km/h	140/50
Zylinderdurchmesser (HD/ND)	mm	420/640
Kolbenhub	mm	650
Treib- und Kuppelraddurchmesser	mm	1.950
Laufraddurchmesser v/h	mm	960/1.150
Kesselüberdruck	kp/cm²	16[1]
Rostfläche	m²	4,33
Verdampfungsheizfläche	m²	199,3
Dienstmasse (2/3 Vorräte)	t	101,8[2]
Brennstoffvorrat	t	10[3]
Wasserkasteninhalt	m³	28,5
indizierte Leistung	PS_i	k.A.
indizierte Zugkraft	Mp	k.A.

Anmerkungen:
[1] ursprünglich 17 kp/cm² [3] Kohlenstaub
[2] ohne Tender

Nach dem Zweiten Weltkrieg waren im Bereich der Deutschen Reichsbahn (DR) in der sowjetischen Besatzungszone zahlreiche Dampflokomotiven aus dem Ausland verblieben. Dazu gehörte auch die 231 E 18 der Französischen Staatsbahn, die in Stralsund stand. Die 1912 gebaute 2'C 1'h4v-Maschine galt in ihrer Heimat als eine der besten Schnellzug-Maschinen überhaupt.
Hans Wendler, der 1949 seine erste auf Kohlenstaubfeuerung umgebaute Dampflok vorgestellt hatte, wollte nun auch die 231 E 18 umbauen. Betrieblich bestand dafür eigentlich keine Notwendigkeit. Wendler ging es vielmehr darum, zu beweisen, dass die Kohlenstaubfeuerung prinzipiell auf allen Maschinen eingebaut werden könne.
1952 rückte die 231 E 18 schließlich in das Reichsbahnausbesserungswerk (Raw) Stendal ein. Hier wurde die Lok mit einer Kohlenstaubfeuerung des Systems Wendler und einem neuen Führerhaus der Einheitsbauart ausgerüstet. Nach ihrer Abnahmefahrt am 8. Juli 1952 wurde die Lok als 07 1001 dem Bw Berlin Ostbahnhof zugeteilt. Anschließend kam sie zum Bw Halle P, bevor sie 1954 dem Bw Dresden-Altstadt zugewiesen wurde. Die Personale konnten sich mit dem Einzelgänger und seinem wartungsintensiven Verbundtriebwerk nicht anfreunden. Die Lok stand mehr, als sie fuhr. Nach nicht einmal 50.000 km musterte die DR 1957 den Exoten aus.

Dampflok 08 1001 (Umbaulok DR)

Technische Daten

Bauart		2'D1'h4v
Betriebsgattung		S 47.19
L. ü. Puffer (Tender 2'2' T 28 Kst)	mm	24.800
Höchstgeschwindigkeit v/r	km/h	120/50
Zylinderdurchmesser (HD/ND)	mm	450/660
Kolbenhub	mm	720
Treib- und Kuppelraddurchmesser	mm	1.950
Laufraddurchmesser v/h	mm	920/1.080
Kesselüberdruck	kp/cm²	16[1]
Rostfläche	m²	4,43
Verdampfungsheizfläche	m²	223,2
Dienstmasse (2/3 Vorräte)	t	122,5[2]
Brennstoffvorrat	t	10[3]
Wasserkasteninhalt	m³	28,5
indizierte Leistung	PS_i	k.A.
indizierte Zugkraft	Mp	k.A.

Anmerkungen:
[1] ursprünglich 20 kp/cm²
[2] ohne Tender
[3] Kohlenstaub

Nach dem Zweiten Weltkrieg stand im Bw Stralsund die mächtige französische Schnellzuglok 241 A 21. Die 1931 gebaute 2'D1'h4v-Maschine gehörte zu den leistungsstärksten Maschinen der Französischen Staatsbahnen. Als sich Hans Wendler 1950 nach weiteren Versuchsmaschinen für seine pneumatische Kohlenstaubfeuerung umsah, wurde er auch auf die 241 A 21 aufmerksam. Ihre große Feuerbüchse mit der Verbrennungskammer war für den Einbau einer Kohlenstaubfeuerung geradezu prädestiniert. Wendler gelang es, die Mittel für eine Hauptuntersuchung der 241 A 21 im Reichsbahnausbesserungswerk (Raw) Stendal zu bekommen. Ende September 1951 liefen dort die Arbeiten an. Der Einbau der Kohlenstaubfeuerung, sowie die Ausrüstung mit einem neuen Führerhaus, einem Oberflächenvorwärmer und deutschen Armaturen dauerten bis Anfang 1953. Außerdem musste der zulässige Kesseldruck aufgrund der nach deutschen Normen zu dünnen Bleche von 20 auf 16 kg/cm² reduziert werden. Dadurch verlor die Lok aber einen bedeutenden Teil ihrer Leistung, wie die Messfahrten der Fahrzeug-Versuchsanstalt (FVA) Halle 1953 zeigten. Der als 08 1001 bezeichnete Lok-Riese konnte weder mit einer 03 noch mit einer 01 konkurrieren. Ein weiteres Problem war das aufwändige Laufwerk der 08 1001. Die ursprünglich für 140 km/h zugelassenen Lok durfte bei der DR nur 110 km/h schnell fahren.

Im Bw Dresden-Altstadt wo, die Lok ab Dezember 1953 zuhause war, setzte am den Exoten nur ein, wenn es wirklich sein musste. Bereits 1955 wurde die 08 1001 nach nicht einmal 34.000 km abgestellt. Zwei Jahre später wurde sie ausgemustert und anschließend verschrottet.

Baureihe 10 (Neubaulok DB)

Technische Daten		
Bauart		2'C1'h3
Betriebsgattung		S 36.22
Länge ü. Puffer (Tender 2'2' T 40)	mm	26.503
Höchstgeschwindigkeit v/r	km/h	140/90
Zylinderdurchmesser	mm	480
Kolbenhub	mm	720
Treib- und Kuppelraddurchmesser	mm	2.000
Laufraddurchmesser v/h	mm	1.000/1.000
Kesselüberdruck	kp/cm²	18
Rostfläche	m²	3,96
Verdampfungsheizfläche	m²	216,4
Dienstmasse (2/3 Vorräte)	t	207,67
Brennstoffvorrat	t	12,5[1]
Wasserkasteninhalt	m³	40
indizierte Leistung	PS_i	2.500
indizierte Zugkraft (0,8)	Mp	17,9

Anmerkung:
[1] 12,5 m³ Heizöl

Als die Deutsche Bundesbahn (DB) Ende der 1940er-Jahre einen Typenplan für neue Dampflokomotiven aufstellte, war auch die Beschaffung einer modernen Schnellzug-Maschine vorgesehen. Nach den ersten Planungen sollte dies eine 1'C1'-Maschine für den Einsatz vor leichten Fernschnell-Zügen sein. Dieses Konzept fand jedoch nicht die Zustimmung der Hauptverwaltung, wo man sich für eine schwere 2'C1'-Maschine als Ersatz für die Baureihen 01^{10} und 03^{10} aussprach. Die notwendigen Konstruktionsarbeiten übernahm schließlich das Bundesbahn-Zentralamt (BZA) Minden unter der Federführung des Bauart-Dezernenten Friedrich Witte. Nach schier endlosen Diskussionen und mehreren Entwürfen, die auch verschiedene Studien zur Lackierung der Loks umfassten, lieferte die Firma Krupp 1956/57 die beiden 2'C1'h3-Maschinen der Baureihe 10. Mit ihrem lang gestreckten Kessel, der eleganten Teilverkleidung der kegeligen Rauchkammertür, dem Kylchap-Doppelschornstein und dem großen Tender besaß die Baurteihe 10 ein unverwechselbares Aussehen. Während die 10 001 eine Kohlefeuerung mit Ölzusatzfeuerung besaß, verfügte die 10 002 bereits bei ihrer Indienststellung über eine Ölhauptfeuerung.
Doch bei ihrer Endabnahme waren die Lokomotiven eigentlich schon überflüssig, den die DB hatte mit ihrem Beschluss zur Elektrifizierung der wichtigsten Hauptstrecken bereits den Traktionswechsel eingeleitet. Außerdem konnte die beiden Maschinen aufgrund ihrer für damalige Verhältnisse sehr hohe Achsfahrmasse von 22 t nicht freizügig eingesetzt werden. Zudem erwiesen sich die Loks als, recht wartungsintensiv. So trennte sich die DB nach nur wenigen Jahren von den beiden Maschinen. Als erste musste die 10 002 nach einem Triebwerksschaden 1967 den Dienst quittieren. Ihr folgte am 21. Juni 1968 die 10 001.

BR 13^0, 13^{18} (Länderb., preuß. S 3, oldenb. S 3)

Technische Daten

		13^0	13^{18}
Bauart		2'Bn2v	2'Bn2v
Betriebsgattung		S 24.15	S 24.15
L. ü. Puffer (Tender pr 2'2' T 21,5)	mm	17.561	17.461[1]
Höchstgeschwindigkeit v/r	km/h	100/50	95/50
Zylinderdurchmesser (HD/ND)	mm	460/680	460/680
Kolbenhub	mm	600	600
Treib- und Kuppelraddurchmesser	mm	1.980	1.980
Laufraddurchmesser v	mm	1.000	1.000
Kesselüberdruck	kp/cm²	12	12
Rostfläche	m²	2,32	2,27
Verdampfungsheizfläche	m²	117,70	119,35
Dienstmasse (2/3 Vorräte)	t	50,5[1]	52,2[1]
Brennstoffvorrat	t	6,5	5
Wasserkasteninhalt	m³	21,5	20
indizierte Leistung	PS_i	k.A.	k.A.
indizierte Zugkraft	Mp	k.A.	k.A.

Anmerkungen:
[1] mit Tender old 2'2' T 20 [2] ohne Tender

Bereits um das Jahr 1890 benötigte die Preußische Staatsbahn dringend eine neue Maschine für den schweren Schnellzugdienst. Die bisher eingesetzten Loks hatten durch die Verkürzung der Fahrzeiten, die Verlängerung der zu fahrenden Strecken und durch die Einführung der größeren vierachsigen Schnellzug-Wagen ihre Leistungsgrenze erreicht. Erst nachdem die Preußische Staatsbahn die bisherigen 13-Meter-Drehscheiben durch solche mit 16 Meter Bühnenlänge ersetzte, konnten Maschinen mit einem deutlich größeren Kessel und damit mehr Leistung entwickelt werden. 1893 stellte die Preußische Staatsbahn schließlich ihre erste S 3 in Dienst, bis 1904 waren es dann 1.027 Loks. Die S 3 war damit über viele Jahre hinweg *die* preußische Schnellzuglok schlechthin. Die Deutsche Reichsbahn-Gesellschaft (DRG) übernahm 1925 noch 28 Maschinen, die aber bis 1929 ausgemustert wurden.

Die Oldenburgische Staatsbahn wickelte bis Anfang der 20. Jahrhunderts ihren Schnellzugdienst auf der Strecke Wilhelmshaven– Oldenburg mit Personenzugmaschinen ab, die nun ersetzt werden mussten. Die Oldenburgische Staatsbahn verzichte auf eine eigene Konstruktion und beschaffte 1903/04 sechs preußische S 3, die jedoch mit einem Dampftrockner der Bauart Ranafier und einer Rauchverbrennung der Bauart Staby ausgerüstet wurden. Die DRG reihte die sechs Loks 1925 als 13 1801–1806 in ihren Bestand ein. Ein Jahr später wurden sie jedoch ausgemustert.

Baureihe 13^5 (Länderbahnlok, preußische S 4)

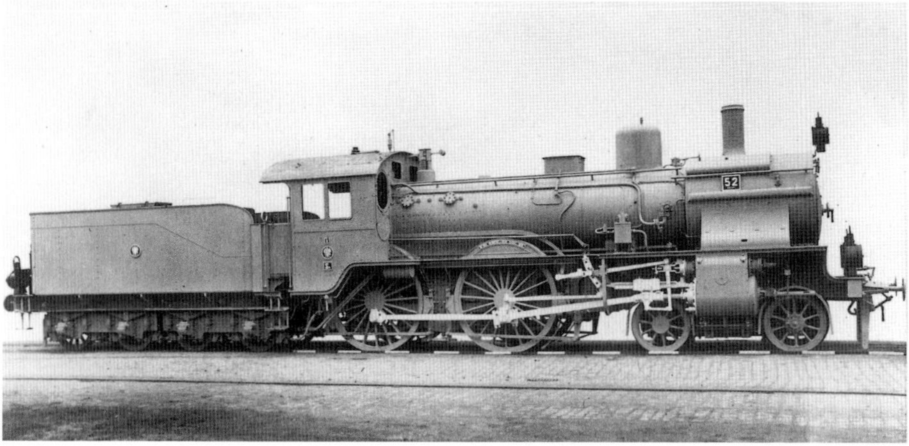

Technische Daten

Bauart		2'Bh2
Betriebsgattung		S 24.16
L. ü. Puffer (Tender pr 2'2' T16)	mm	18.210
Höchstgeschwindigkeit v/r	km/h	100/50
Zylinderdurchmesser	mm	540
Kolbenhub	mm	600
Treib- und Kuppelraddurchmesser	mm	1.980
Laufraddurchmesser v	mm	1.000
Kesselüberdruck	kp/cm²	12
Rostfläche	m²	2,32
Verdampfungsheizfläche	m²	104,53
Dienstmasse (2/3 Vorräte)	t	55,2[1]
Brennstoffvorrat	t	5
Wasserkasteninhalt	m³	16
indizierte Leistung	PS_i	k.A.
indizierte Zugkraft	Mp	k.A.

Anmerkung:
[1] ohne Tender

Ende des 19. Jahrhunderts beschäftigten sich zahlreiche Ingenieure damit, wie der Wirkungsgrad der Dampfmaschine verbessert werden könnte. Wilhelm Schmidt fand heraus, dass durch den Einsatz überhitzten Dampfes die Leistung der Kolbendampfmaschine erhöht sowie der Verbrauch von Wasser und Brennstoff reduziert werden konnte. Nachdem Schmidt einen funktionsfähigen Überhitzer für ortsfeste Dampfmaschinen entwickelt hatte, empfahl er die Anwendung des Heißdampfes auch im Lokomotivbau. Beim Beschaffungs-Dezernenten der Preußischen Staatsbahn, Robert Garbe, stieß Schmidt auf offene Ohren. Zunächst wurden eine S 3 und eine P 4[1] mit einem Schmidtschen Überhitzer ausgerüstet. Aufgrund der hervorragenden Ergebnisse mit den beiden Loks entwickelte die Preußische Staatsbahn auf der Grundlage der S 3 die erste Heißdampf-Schnellzugmaschine.

Bereits 1902 lieferte Borsig die ersten sechs 2'Bn2-Lokomotiven der Gattung S 4. Ihre Leistung lag zwischen 30 und 40 % über der der S 3. Bis 1909 beschaffte die Preußische Staatsbahn insgesamt 104 Maschinen, deren Stern aber noch vor Ausbruch des Ersten Weltkrieges sank. Innerhalb weniger Jahre wurden die meisten Maschinen aus dem Verkehr gezogen. Nach Abgaben an die Polnische Staatsbahn (6 Loks) und an die Saarbahnen (6 Loks) konnte die Deutsche Reichsbahn-Gesellschaft (DRG) 1925 nur noch vier Exemplare übernehmen. Bereits 1927 wurde dann die letzte von ihnen ausgemustert.

BR 13^{6-8}, 13^{18} (Länderb., preuß. S 5^2, oldenb. S 5^2)

Technische Daten

		13^{6-8}	13^{18}
Bauart		2'Bn2v	2'Bn2v
Betriebsgattung		S 24.16	S 24.16
L. ü. Puffer (Tender pr 2'2' T 20)	mm	17.761	17.661[1]
Höchstgeschwindigkeit v/r	km/h	100/50	100/50
Zylinderdurchmesser (HD/ND)	mm	475/700[2]	475/700
Kolbenhub	mm	600[3]	600
Treib- und Kuppelraddurchmesser	mm	1.980	1.980
Laufraddurchmesser v	mm	1.000	1.000
Kesselüberdruck	kp/cm^2	12[4]	12
Rostfläche	m^2	2,32	2,27
Verdampfungsheizfläche	m^2	136,39[5]	140,77
Dienstmasse (2/3 Vorräte)	t	53,6[6]	53,4[6]
Brennstoffvorrat	t	6,5	2
Wasserkasteninhalt	m^3	21,5	20
indizierte Leistung	PS$_i$	k.A.	k.A.
indizierte Zugkraft	Mp	k.A.	k.A.

Anmerkungen:
[1] mit Tender old 2'2' T 20
[2] gült. ab 13 651; sonst 340/530 mm
[3] gültig ab 13 651; sonst 640 mm
[4] gültig ab 13 651; sonst 14 kp/cm^2
[5] gültig ab 13 651; sonst 121,91 m^2
[6] ohne Tender

Anfang des 19. Jahrhunderts nahmen die Zugmassen und die Reisegeschwindigkeiten bei der Preußischen Staatsbahn spürbar zu, so dass die ab 1891 gebaute S 3 nach rund zehn Jahren nicht mehr allen betrieblichen Belangen entsprach. Allerdings sahen die sparsamen Preußen keine Notwendigkeit, zur dreifachgekuppelten Schnellzuglok überzugehen. Nachdem der Oberbau der Hauptstrecken von 15 auf 16 t verstärkt worden war, entwickelte die Stettiner Maschinenbau AG Vulcan eine verstärkte S 3, deren erste Exemplare 1905 in Dienst gestellt wurden.

Die Preußische Staatsbahn beschaffte insgesamt 367 Maschinen der ab 1911 als S 5^2 bezeichneten Gattung. Hochburg der S 5^2 war die Direktion Hannover. Nach den Bestimmungen des Versailler Vertrages mussten mehrere S 5^2 an die Belgische (9), Lettische (6), Litauische (3) und die Polnische (32) Staatsbahn abgegeben werden. Die Deutsche Reichsbahn-Gesellschaft (DRG) übernahm 1925 noch 200 Loks, die aber bis 1930 ausgemustert wurden.

Die Oldenburgische Staatsbahn gab bei der Hanomag zwischen 1909 und 1913 elf S 5^2 in Auftrag, die sich von ihren preußischen Schwestern lediglich durch ein höheres Umlaufblech und die Lentz-Ventilsteuerung unterschieden. Alle elf Loks wechselten 1925 noch in den Fahrzeugpark der DRG, wurden aber bis 1927 aus dem Verkehr gezogen.

Baureihe 13^{10-12} (Länderbahnlok, preußische S 6)

Technische Daten

Bauart		2'Bh2
Betriebsgattung		S 24.17
L. ü. Puffer (Tender pr 2'2' T 20)	mm	18.350
Höchstgeschwindigkeit v/r	km/h	110/50
Zylinderdurchmesser (HD/ND)	mm	550
Kolbenhub	mm	630
Treib- und Kuppelraddurchmesser	mm	2.100
Laufraddurchmesser v	mm	1.000
Kesselüberdruck	kp/cm^2	12
Rostfläche	m^2	2,35
Verdampfungsheizfläche	m^2	136,98
Dienstmasse (2/3 Vorräte)	t	60,6[1]
Brennstoffvorrat	t	21,5
Wasserkasteninhalt	m^3	5
indizierte Leistung	PS_i	k.A.
indizierte Zugkraft	Mp	k.A.

Anmerkung:
[1] ohne Tender

Die Erfolge mit der S 4 (siehe Seite 40) ermutigten die Preußische Staatsbahn, sich weiter mit der Heißdampf-Technik zu beschäftigen. Da allerdings Erfahrungen bei der Konstruktion dieser Maschinen noch fehlten, schrieb die Staatsbahn in Zusammenarbeit mit dem Verein Deutscher Ingenieure die Entwicklung einer neuen Heißdampflok aus. An diesem Wettbewerb beteiligte sich auch der preußische Beschaffungs-Dezernent Robert Garbe, der in Kooperation mit der Firma Linke-Hofmann in Breslau eine 2'B2'h2- und eine 2'B h2-Maschine entwarf. Die Preußische Staatsbahn sprach sich letztlich für die 2'B h2-Lok mit 2.100 mm großen Kuppelrädern aus. Das Baumuster lieferte 1906 Linke-Hofmann. Zwar vermochte die Lok leistungsmäßig zu überzeugen, doch die Laufeigenschaften waren katastrophal. Durch die auf 16 t beschränkte Achsfahrmasse waren einige Bauteile zu schwach dimensioniert. Außerdem hatte Robert Garbe den Massenausgleich des Triebwerks sträflich vernachlässigt.

Nachdem die Preußische Staatsbahn 1901 die zulässige Achsfahrmasse auf ihren Hauptstrecken auf 17 t angehoben hatte, wurde die S 6 noch einmal gründlich überarbeitet. Nun wurde die S 6 ein voller Erfolg. Sie galt bei ihrer Indienststellung als die wirtschaftlichste preußische Dampflok, von der bis 1913 insgesamt 584 Exemplare gebaut wurden. Nach dem Ersten Weltkrieg musste die Preußische Staatsbahn 42 nach Belgien, zwei an Italien, eine an Litauen und 91 an Polen als Reparationsleistung abgeben. Die Deutsche Reichsbahn-Gesellschaft (DRG) zeichnete im Herbst 1925 noch 286 S 6 um. Doch deren Tage waren gezählt – zwischen 1926 und 1931 rollten sie alle auf das Abstellgleis.

Baureihe 13^15, 13^71 (Länderbahnlok, sächs. VIII V1)

Technische Daten

		13^15	13^71
Bauart		2'Bn2v	2'Bn2v
Betriebsgattung		S 24.16	S 24.15
L. ü. Puffer (Tender sä 2'2' T 21)	mm	17.958	16.792[1]
Höchstgeschwindigkeit v/r	km/h	100/50	100/50
Zylinderdurchmesser (HD/ND)	mm	480/700	460/480
Kolbenhub	mm	630	630
Treib- und Kuppelraddurchmesser	mm	1.905	1.905
Laufraddurchmesser v	mm	1.065	1.065
Kesselüberdruck	kp/cm^2	13	12
Rostfläche	m^2	2,30	2,30
Verdampfungsheizfläche	m^2	128,93	117,51
Dienstmasse (2/3 Vorräte)	t	56,8[2]	52,0[2]
Brennstoffvorrat	t	5	2
Wasserkasteninhalt	m^3	21	12[1]
indizierte Leistung	PS_i	k.A.	k.A.
indizierte Zugkraft	Mp	k.A.	k.A.

Anmerkungen:
[1] mit Tender sä 3 T 12 [2] ohne Tender

Obwohl die Königlich Sächsischen Staatseisenbahnen (K.Sächs.Sts.E.) erst 1891 für den Schnellzugdienst die 2'B n2- Maschinen der Gattung VIII 2 beschafft hatten, genügten diese nach nur wenige Jahren nicht mehr den betrieblichen Belangen. Die Erfolge, die die Preußische Staatsbahn mit ihren 2'Bn2v-Loks erzielte, veranlassten die K.Sächs. Sts.E. bei ihrem Hauslieferanten, der Lokfabrik Hartmann, ebenfalls eine solche Bauart in Auftrag zu geben. Bereits 1896 nahmen die K.Sächs. Sts.E. die ersten zehn Exemplare der Gattung VIII V 1 ab. Neu an den Maschinen waren der Belpaire-Stehkessel und das verlängerte Führerhaus.

Im harten Betriebseinsatz erfüllten die Loks die Erwartungen, so dass die K.Sächs.Sts.E. weitere VIII V 1 bestellten. Ab dem dritten Baulos (gebaut 1900) wurde der zulässige Kesseldruck von 12 auf 13 kp/cm^2 angehoben und die Strahlungsheizfläche vergrößert.

Als die Deutsche Reichsbahn-Gesellschaft (DRG) 1925 ihren endgültigen Umzeichnungsplan aufstellte, spielte die VII V1 im Schnellzugdienst nur noch eine untergeordnete Rolle. Aus dem ersten und zweiten Baulos wurden nur noch insgesamt zwölf Loks als Baureihe 13^71 geführt, die bis 1930 allesamt ausgemustert wurden. Aus dem dritten Baulos übernahm die DRG noch elf Maschinen als Baureihe 13^15, die ebenfalls bis 1930 den Dienst quittieren mussten.

Baureihe 13^{16}, 13^{17} (Länderb., württemb. AD, ADh)

Technische Daten

		13^{16}	13^{17}
Bauart		2'Bn2v	2'Bh2
Betriebsgattung		S 24.15	S 24.16
Länge ü. Puffer (Tender wü 2 T 10)	mm	15.427	15.885[1]
Höchstgeschwindigkeit v/r	km/h	100/50	100/50
Zylinderdurchmesser (HD/ND)	mm	450/670	490
Kolbenhub	mm	560	560
Treib- und Kuppelraddurchmesser	mm	1.800	1.800
Laufraddurchmesser v	mm	850	850
Kesselüberdruck	kp/cm²	14	12
Rostfläche	m²	2,0	2,0
Verdampfungsheizfläche	m²	129,1	104,6
Dienstmasse (2/3 Vorräte)	t	50,2[2]	51,4[2]
Brennstoffvorrat	t	6	6
Wasserkasteninhalt	m³	10	15,5
indizierte Leistung	PS_i	k.A.	k.A.
indizierte Zugkraft	Mp	k.A.	k.A.

Anmerkungen:
[1] mit Tender wü 3 T 15,5 [2] ohne Tender

Ende des 19. Jahrhunderts entsprach der Fahrzeugpark der Königlich Württembergischen Staats-Eisenbahn (K.W.StE.) nicht mehr den betrieblichen Belangen. Die vorhandenen 1B und 1B1 Maschinen entsprachen weder in Leistung noch im Fahrverhalten dem Stand der Technik. Um größere Kessel verwenden zu können, musste die K.W.StE. neue 2'B-Lokomotiven entwickeln. 1899 lieferte die Maschinenfabrik Esslingen das erste Exemplare der neuen Klasse AD. Typisch für 2'Bn2v-Maschinen waren das Verbindungsrohr zwischen den beiden Domen. Die 100 km/h schnellen Maschinen erwiesen sich als sehr zugstark, so dass die K.W.StE. bis 1907 insgesamt 98 Loks in Dienst stellte.

Die Erfolge mit der Heißdampf-Technik veranlassten die K.W.StE., auch zwei Exemplare der Klasse AD entspechenend umzurüsten. Die Versuchsfahrten sprachen für sich: Die beiden nun als AD h bezeichneten Loks verbrauchten trotz 20 % mehr Leistung deutlich weniger Wasser und Kohle. Die K.W.StE. beschaffte nun die Klasse AD h, von der Esslingen bis 1909 insgesamt 17 Stück fertigte.

Anfang der 1920er-Jahre wurden beide Klassen schrittweise ausgemustert. Die Deutschen Reichsbahn-Gesellschaft (DRG) zeichnete 1925 noch 24 AD (13^{16},) und 14 ADh (13^{17}) um. Während die letzten Nassdampf-Maschinen 1928 ausgedient hatten, wurden 1932 die letzten ADh abgestellt.

Baureihe 13^{70} (Länderbahnlok, sächsische VIII V2)

Technische Daten

Bauart		2'Bn2
Betriebsgattung		S 24.14
Länge ü. Puffer (Tender sä 3 T 12)	mm	16.482[1]
Höchstgeschwindigkeit v/r	km/h	100/50
Zylinderdurchmesser (HD/ND)	mm	440
Kolbenhub	mm	600
Treib- und Kuppelraddurchmesser	mm	1.905
Laufraddurchmesser v	mm	1.065
Kesselüberdruck	kp/cm²	12
Rostfläche	m²	2,33[2]
Verdampfungsheizfläche	m²	119,482[3]
Dienstmasse (2/3 Vorräte)	t	49,4[4]
Brennstoffvorrat	t	5
Wasserkasteninhalt	m³	10[5]
indizierte Leistung	PS_i	k.A.
indizierte Zugkraft	Mp	k.A.

Anmerkungen:
[1] mit Tender sä 2'2' T 21: 17.957 mm
[2] ab 13 7008: 2,32 m²
[3] ab 13 7008: 121,56 m²
[4] ohne Tender; ab 13 7008: 48,2 t
[5] mit Tender sä 2'2' T 21: 21 m³

Bereits 1870 stellten die Königlich Sächsischen Staatseisenbahnen (K.Sächs.Sts.E.) ihre ersten Schnellzug-Maschinen mit der Achsfolge 2'B in Dienst. Doch diese acht, ab 1900 als Gattung VIII 1 bezeichneten Maschinen waren ein Flop. Ihre Leistung war zu gering und die Laufeigenschaften schlecht. Erst 20 Jahre später griffen die K.Sächs. Sts.E. diese Achsfolge wieder auf und ließen bei der Lokfabrik Hartmann eine Zweizylinder-Nassdampflok entwickeln, deren erste zehn Exemplare 1891 in Dienst gestellt wurden. Typisch für diese ab 1900 als Gattung VIII 2 bezeichneten Maschinen waren der für 10 kp/cm² zugelassene Kessel und die innenliegende Allan-Steuerung mit ihrer Umkehrwelle. Erst 1894 gaben die K.Sächs.Sts.E. das zweite Baulos in Auftrag, das ebenfalls zehn Loks umfasste. Diese allerdings besaßen nun einen für 12 kp/cm² zugelassenen Dampferzeuger und ein vorderes Drehgestell, dessen Achsstand auf 2.400 vergrößert worden war. Allerdings währte die Hochzeit der VIII 2 nur wenige Jahre, denn bereits 1896 gaben die K.Sächs.Sts.E. die 2'Bn2v-Maschinen der Gattung VIII V 1 in Auftrag (siehe Seite 43), die ihre Vorgängerin schrittweise aus dem hochwertigen Zugdienst verdrängte. Trotzdem erwies sich die VIII 2 als sehr langlebig. Als die Deutsche Reichsbahn-Gesellschaft (DRG) 1925 den endgültigen Umzeichnungsplan einführte, waren noch zwölf Maschinen vorhanden. Die Mehrzahl von Ihnen rollte allerdings bis Ende 1925 auf das Abstellgleis. 1928 trennte sich die DRG schließlich von der letzten VIII 2.

BR 14^0 (Länderbahnlok, preuß. S 8, preuß. S 9)

Technische Daten

		14^0	14 031
Bauart		2'B 1'h4v	2'B 1'n4v
Betriebsgattung		S 25.17	S 25.16
L. ü. Puffer (Tender pr 2'2' T 30)	mm	21.860	21.860
Höchstgeschwindigkeit v/r	km/h	110/50	110/50
Zylinderdurchmesser (HD/ND)	mm	380/580	380/580
Kolbenhub	mm	600	600
Treib- und Kuppelraddurchmesser	mm	1.980	1.980
Laufraddurchmesser v/h	mm	1.000/1.250	1.000/1.250
Kesselüberdruck	kp/cm²	14	14
Rostfläche	m²	4,0	4,0
Verdampfungsheizfläche	m²	182,54	229,71
Dienstmasse (2/3 Vorräte)	t	79,0[1]	74,5[1]
Brennstoffvorrat	t	6,5	6,5
Wasserkasteninhalt	m³	30	30
indizierte Leistung	PS_i	k.A.	k.A.
indizierte Zugkraft	Mp	k.A.	k.A.

Anmerkung:
[1] ohne Tender

Mit der Einführung der überarbeiteten Eisenbahn-Bau- und Betriebsordnung (EBO) am 4. November 1904 konnten die deutschen Länderbahnen die Längen ihrer Schnellzüge deutlich erhöhen. Für die Preußische Staatsbahn bedeutete dies, dass die vorhandenen Schnellzugloks der Gattung S 7 nicht mehr ausreichten. Obwohl die Staatsbahn bereits ihre erste Heißdampf-Schnellzuglok erprobte, gab man bei der Entwicklung der neuen Gattung dem Nassdampf-Triebwerk den Vorzug. Die Ingenieure entwickelten nun auf Grundlage der S 7 eine größere 2'B 1'n4v-Lok. Die hintere Laufachse ermöglichte den Einbau einer Feuerbüchse mit einem 4 m² großen Rost – der größte aller preußischen Loks. Die Hanomag lieferte 1908 die ersten zehn Maschinen, die nun das Rückgrat im Schnellzugdienst zwischen Berlin und Hannover bildeten. Von dem Flachlandrenner beschaffte die Preußische Staatsbahn insgesamt 99 Exemplare, von denen 1913 und 1914 je eine auf Heißdampf umgebaut wurden.

Die Deutsche Reichsbahn-Gesellschaft (DRG) zeichnete 1925 nur noch die beiden Heißdampfloks (14 001, 14 002) und eine Nassdampfmaschine um. Nur ein Jahr später wurden alle drei aus dem Bestand gestrichen.

Baureihe 14^1 (Länderbahnlok, pfälzische P 3^1)

Technische Daten

		14 101	14 121
Bauart		2'B1'n4v	2'B1'n2v
Betriebsgattung		S 25.15	S 25.15
Länge ü. Puffer (Tender bay 3 T 16)	mm	18.070	18.070
Höchstgeschwindigkeit v/r	km/h	100/50	100/50
Zylinderdurchmesser (HD/ND)	mm	360/580	440/650
Kolbenhub	mm	570/630	660
Treib- und Kuppelraddurchmesser	mm	1.9870	1.870
Laufraddurchmesser v/h	mm	950/950	1.000/1.000
Kesselüberdruck	kp/cm²	13	14
Rostfläche	m²	2,81	2,91
Verdampfungsheizfläche	m²	168,62	190,98
Dienstmasse (2/3 Vorräte)	t	59,6[1]	67,0
Brennstoffvorrat	t	6	6
Wasserkasteninhalt	m³	16	16
indizierte Leistung	PS_i	k.A.	k.A.
indizierte Zugkraft	Mp	k.A.	k.A.

Anmerkung:
[1] ohne Tender

Ende der 19. Jahrhunderts nahm der Schnellzugverkehr auf den Strecken der Pfalzbahnen deutlich zu. Als bereits 1890 die eingesetzten Maschinen nicht mehr genügten, beschafften die Pfalzbahnen eine neue 1'B1n2-Type, die aber auch recht schnell ihre Leistungsgrenze erreicht hatte. Die Lokomotivfabrik Krauss bot den Pfalzbahnen nun Entwürfe für eine neue 1'B2' oder 2'B1'-Maschine mit Zweizylinder-Triebwerk vor. Die Pfalzbahnen entschieden sich schließlich als erste deutsche Länderbahn für die Achsfolge 2'B1'. Als Krauss 1898 die ersten Loks auslieferte, sorgten sie in der Fachwelt ob ihrer Leistungsfähigkeit für Aufsehen.

Doch dies reicht nur kurze Zeit. Bereits 1901 zeichnete sich ab, dass die Maschinen den ständig steigenden Anforderungen vor allem bei langen Zugläufen in absehbarer Zeit nicht mehr gewachsen sein würden. Die Pfalzbahnen entschlossen sich deshalb, die Zweizylinder-Loks in Vierzylinderverbund-Maschinen umzubauen. Der 1913 und 1914 erfolgte Umbau der zwölf Maschinen war ein voller Erfolg. In der Ebene konnten nun bei 110 km/h bis zu 250 t schwere Züge befördert werden.

Bei der Einführung des endgültigen Umzeichnungsplans der Deutschen Reichsbahn-Gesellschaft (DRG) im Herbst 1925 gehörten noch fünf Umbauloks zum Bestand. Bereits ein Jahr später wurden die Einzelgänger ausgemustert.

BR 14^1 (Länderbahnlok, bayer. S 2/5, pfälz. P 4)

Technische Daten

		14 141	14 151
Bauart		2'B1'n4v	2'B1'n4v
Betriebsgattung		S 25.16	S 25.16
L. ü. Puffer (Tender bay 2'2' T 21)	mm	19.275	19.728[1]
Höchstgeschwindigkeit v/r	km/h	100/50	100/50
Zylinderdurchmesser (HD/ND)	mm	340/570	360/590
Kolbenhub	mm	640	640
Treib- und Kuppelraddurchmesser	mm	2.000	2.010
Laufraddurchmesser v/h	mm	950/1.206	960/1.216
Kesselüberdruck	kp/cm^2	16	15
Rostfläche	m^2	3,27	3,8
Verdampfungsheizfläche	m^2	205,5	223,0
Dienstmasse (2/3 Vorräte)	t	68,6[2]	74,3[2]
Brennstoffvorrat	t	7	6,5[1]
Wasserkasteninhalt	m^3	21	20[1]
indizierte Leistung	PS_i	k.A.	k.A.
indizierte Zugkraft	Mp	k.A.	k.A.

Anmerkungen:
[1] mit Tender bay 2'2' T 20 [2] ohne Tender

Zu Testzwecken erwarb die Bayerische Staatsbahn 1900 von den Baldwin-Werken in den USA zwei 2'B1'n4v-Schnellzugloks. Im schweren Reisezugdienst bewährten sich die Loks mit ihrem so genannten Vauclain-Triebwerk sehr gut. Die Bayerische Staatsbahn beauftragte schließlich 1903 die Lokfabrik Maffei mit der Entwicklung einer 2'Cn4v- und einer 2'B1'n4-Maschine, die beide in zahlreichen Bauteilen übereinstimmen sollten. Von den beiden amerikanischen Maschinen übernahm Maffei für seine Neuentwicklungen den Barrenrahmen, mit dem die als S 2/5 bezeichnete 2'B1'n4v-Type als erste deutsche Schnellzuglokomotive ausgeliefert wurde. Neu an der 1904 gebauten Lok war für bayerische Schnellzug-Maschinen auch der Einachsantrieb. Die äußere, maßgeblich von Maffei-Chefkonstrukteur Anton Hammel geprägte Gestaltung, blieb nun bis zum Ende der Bayerischen Staatsbahn bestimmend.

Die S 2/5 besaß für den Einsatz vor leichten, aber schnellen Zügen 2.000 mm große Kuppelräder. Dank ihrer ausgezeichneten Laufeigenschaften galt die S 2/5 als ein echter Schnellläufer. Allerdings war den zehn S 2/5 kein langer Einsatz vergönnt. Bereits ab 1910 musste die Bayerische Staatsbahn die Maschinen mangels Leistung aus den hochwertigen Diensten abziehen und teilte sie den von ihr verwalteten Pfalzbahnen und der Betriebswerkstätte Nürnberg zu. Bis 1922 schrumpfte der Bestand der S 2/5 auf acht Exemplare zusammen. Drei Jahre später reihte die Deutsche Reichsbahn-Gesellschaft nur noch fünf Maschinen in ihren Fahrzeugpark ein. Zwei Jahre danach war die S 2/5 bereits Geschichte.

Baureihe 14^2 (Länderbahnlok, sächsische X V)

Technische Daten		
Bauart		2'B1'n4v
Betriebsgattung		S 25.16
L. ü. Puffer (Tender sä 2'2' T 21)	mm	20.037
Höchstgeschwindigkeit v/r	km/h	100/50
Zylinderdurchmesser (HD/ND)	mm	350/555
Kolbenhub	mm	660
Treib- und Kuppelraddurchmesser	mm	1.980
Laufraddurchmesser v/h	mm	1.065/1.260
Kesselüberdruck	kp/cm^2	15
Rostfläche	m^2	2,38
Verdampfungsheizfläche	m^2	160,8
Dienstmasse (2/3 Vorräte)	t	69,4[1]
Brennstoffvorrat	t	5
Wasserkasteninhalt	m^3	21
indizierte Leistung	PS_i	k.A.
indizierte Zugkraft	Mp	k.A.

Anmerkung:
1 ohne Tender

Als eine der ersten deutschen Bahnverwaltungen wagten die Königlich Sächsischen Staatseisenbahnen (K.Sächs.Sts.E.) Ende des 19. Jahrhunderts den Schritt hin zur als »Atlantik« bezeichneten Achsfolge 2'B1'. Zwar hatte sich die 1896 erstmals beschaffte Gattung VIII V 1 als eine gelungene Konstruktion erwiesen, vor den schweren Schnellzügen auf der Verbindung Leipzig–Dresden hatte sie aber auch recht schnell ihre Leistungsgrenze erreicht. Da der für eine höhere Leistung benötigte größere Kessel auf den 2'B- Fahrwerken nicht mehr untergebracht werden konnte, beauftragten die K.Sächs.Sts.E. die Lokfabrik Hartmann mit der Entwicklung einer neuen 2'B1'n4v-Maschine. Auf der Pariser Weltausstellung sorgte die als Gattung X V bezeichnete Lok für Aufsehen, war sie doch eine der ersten in Deutschland entwickelten Atlanik-Maschinen. In Sachsen galt die X V bei ihrer Lieferung als die größte Dampflok überhaupt.

Doch die insgesamt 15 Maschinen erfüllten nicht die in sie gesetzten Erwartungen. Nach kurzer Zeit war auch die X V für den schweren Schnellzugdienst auf der Strecke Leipzig–Dresden zu schwach. In der Ebene vermochte sie bei 100 km/h lediglich einen 170 t schweren Zug zu befördern. Die Ursachen waren der viel zu kleine Rost und die zu geringe Reibungsmasse. Trotzdem schätzen die Personale die X V, deren sehr gute Verbrauchswerte und Laufruhe gelobt wurden. Nach nur wenigen Jahren zogen die K.Sächs.Sts.E. die X V von der Leipziger Strecke ab und setzten sie auf der Strecke nach Decin ein. Aber auch hier waren sie recht bald überfordert. Im Personenzugdienst nach Leipzig, Zittau und Decin fanden sie aber ein Auskommen. Die Deutsche Reichsbahn-Gesellschaft (DRG) übernahm zwar noch 1925 alle 15 Loks, doch ein Jahr später wurden die letzten sieben von ihnen ausgemustert.

Baureihe 14^3 (Länderbahnlok, sächsische X H 1)

Technische Daten

Bauart		2'B1'h2
Betriebsgattung		S 25.15
L. ü. Puffer (Tender sä 2'2' T 21)	mm	19.231
Höchstgeschwindigkeit v/r	km/h	100/50
Zylinderdurchmesser (HD/ND)	mm	510
Kolbenhub	mm	630
Treib- und Kuppelraddurchmesser	mm	2.000
Laufraddurchmesser v/h	mm	1.065/1.260
Kesselüberdruck	kp/cm²	12
Rostfläche	m²	2,84
Verdampfungsheizfläche	m²	171,66
Dienstmasse (2/3 Vorräte)	t	70,1[1]
Brennstoffvorrat	t	5
Wasserkasteninhalt	m³	21
indizierte Leistung	PS_i	k.A.
indizierte Zugkraft	Mp	k.A.

Anmerkung:
[1] ohne Tender

Obwohl die Königlich Sächsischen Staatseisenbahnen (K.Sächs.Sts.E.) bereits 1906 ihre ersten Schnellzuglokomotiven mit der Achsfolge 2'C in Dienst gestellt hatten, griffen sie drei Jahre später aus heute nicht mehr zu klärenden Gründen wieder auf die Bauart 2'B1'zurück. Allerdings übernahm die Lokfabrik Hartmann bei der Konstruktion der neuen Type nur noch die Achsfolge von der X V (siehe Seite 49). Bei der Entwicklung der neuen Gattung X H 1 verwendeten die Chemnitzer Ingenieure den Kessel der XII H 1. Für den Einsatz im Schnellzugdienst auf den relativ flachen Strecken Dresden–Berlin und Leipzig–Dresden wurde die X H 1 mit 2.000 mm großen Kuppelrädern ausgerüstet. Allerdings fiel der Achsstand der Zweizylinder-Maschinen mit 8.700 sehr knapp aus, was den kleinen sächsischen Drehscheiben geschuldet war und den Loks ein gedrungenes Aussehen gab.

Die K.Sächs.Sts.E. nahm 1909 die ersten 13 Maschinen ab, denen vier Jahre später noch einmal fünf Maschinen folgten. Eine weitere Beschaffung unterblieb jedoch, da die X H 1 schon bald zu schwach war. Bereits während des Ersten Weltkrieges schoben die K.Sächs.Sts.E. die Flachlandrenner in untergeordnete Dienste ab. So setzte zum Beispiel das Bw Döbeln die Loks vor Personenzügen in Richtung Leipzig und Dresden ein. Die Deutsche Reichsbahn-Gesellschaft (DRG) übernahm im September 1925 noch alle 17 Maschinen in ihren Bestand, doch deren Tage waren gezählt. 1932 wurden die letzten beiden X H 1 ausgemustert.

Baureihe 15 (Länderbahnlok, bayerische S 2/6)

Technische Daten

Bauart		2'B2'h4v
Betriebsgattung		S 26.16
L. ü. Puffer (Tender bay 2'2' T 26)	mm	21.182
Höchstgeschwindigkeit v/r	km/h	150/50
Zylinderdurchmesser (HD/ND)	mm	410/610
Kolbenhub	mm	640
Treib- und Kuppelraddurchmesser	mm	2.200
Laufraddurchmesser v/h	mm	1.006/1.006
Kesselüberdruck	kp/cm²	14
Rostfläche	m²	4,71
Verdampfungsheizfläche	m²	214,5
Dienstmasse (2/3 Vorräte)	t	105,4
Brennstoffvorrat	t	8
Wasserkasteninhalt	m³	26
indizierte Leistung	PS_i	k. A.
indizierte Zugkraft (0,8)	Mp	k. A.

Anfang des 20. Jahrhunderts lieferten sich die deutschen Länderbahnen einen Wettlauf um den Geschwindigkeitsrekord auf der Schiene. Dabei ging es aber nicht nur um technische Innovationen, sondern auch ums Prestige. Nachdem die Großherzoglich Badische Staatsbahn und die Preußische Staatsbahn 1903 ihre ersten Schnellfahrversuche erfolgreich durchgeführt hatten, widmete sich auch die Bayerische Staatsbahn diesem Thema. Sie beauftragte zum Jahresende 1905 die Lokomotivfabrik Maffei mit der Entwicklung einer entsprechenden Schnellfahr-Maschine. In rekordverdächtigen vier Monaten konstruierten die Maffei-Mitarbeiter eine 2'B2'h4v-Lok, mit deren Bau nur kurze Zeit später begonnen wurde. Bereits am 3. Mai 1906 übergab der Hersteller die Maschine an die Bayerische Staatsbahn. Die als S 2/6 eingereihte Lok entsprach mit ihrem Barrenrahmen und dem Rauchrohrüberhitzer dem Stand der Technik. Rauchkammer, Zylinder und Dome erhielten zur Verringerung des Luftwiderstandes eine windschnittige Verkleidung. Nach ihrer Endabnahme wurde die S 2/6 ab Juli 1907 zu Versuchszwecken auf der Strecke München–Augsburg eingesetzt, wo sie schließlich den für Dampfloks über viele Jahre gültigen Geschwindigkeitsrekord von 154,5 km/h aufstellte. Danach erlosch das Interesse der Bayerischen Staatsbahn an der S 2/6 sehr schnell. Nach einigen Jahren in Diensten der Betriebswerkstätte (Bwst) München I gab man sie 1910 an die Bwst Ludwigshafen ab, wo man sie vor Schnellzügen in Richtung Straßburg einsetzte. 1922 kehrte sie wieder in ihre bayerische Heimat zurück, wo aber ihre Tage bereits gezählt waren. Nur wenige Wochen nach der Einführung der neuen Loknummern im Herbst 1925 wurde die S 2/6 ausgemustert und als Ausstellungsstück im RAW Ingolstadt aufgearbeitet.

Baureihe 16^0 (Länderbahnlok, oldenburgische S 10)

Technische Daten		
Bauart		1'C1'h2
Betriebsgattung		S 35.15
L. ü. Puffer (Tender old 2'2' T 20)	mm	20.650
Höchstgeschwindigkeit v/r	km/h	100/50
Zylinderdurchmesser	mm	580
Kolbenhub	mm	630
Treib- und Kuppelraddurchmesser	mm	1.980
Laufraddurchmesser v/h	mm	1.100/1.100
Kesselüberdruck	kp/cm²	14
Rostfläche	m²	3,00
Verdampfungsheizfläche	m²	145,88
Dienstmasse (2/3 Vorräte)	t	73,9[1]
Brennstoffvorrat	t	5
Wasserkasteninhalt	m³	20
indizierte Leistung	PS_i	k.A.
indizierte Zugkraft	Mp	k.A.

Anmerkung:
1 ohne Tender

Während des Ersten Weltkrieges nahm der Verkehr auf der Strecke Bremen–Oldenburg deutlich zu. Vor den schweren Schnellzügen waren die seitens des Oldenburgischen Staatsbahnen eingesetzten Maschinen der Gattung S 3 und S 5^2 überfordert. Vor allem das Anfahren Züge wurde immer problematischer und führte auf der dicht belegten Strecke zu erheblichen Schwierigkeiten im Betriebsablauf. Die Oldenburgische Staatsbahn benötigte jetzt dringend eine neue Schnellzuglok, doch die bisherige Praxis – der Kauf bewährter preußischer Typen – funktionierte dieses Mal nicht, da die preußischen Gattungen für den nur für 15 t Achsfahrmasse ausgelegten Oberbau zu schwer waren. So beauftragte die Oldenburgische Staatsbahn 1915 die Hanomag mit der Entwicklung einer 1'C1'h2-Schnellzuglok.

Am 24. Januar 1917 lieferte die Hanomag die erste der als S 10 bezeichneten Gattung aus. Kurze Zeit später folgten die beiden anderen Loks. Das geforderte Leistungsprogramm, die Beförderung eines 300 t schweren Zuges mit 100 km/h in der Ebene, erfüllte die S 10 mühelos. Auch die bis zu 560 t schweren Züge auf der Strecke Oldenburg–Hannover beförderte die S 10 ohne Probleme, doch die Laufeigenschaften der Maschinen waren oberhalb von 70 km/h sehr schlecht. Außerdem stimmte die Abstimmung zwischen Strahlungs- und Rohrheizfläche nicht, was zu ständigen Undichtigkeiten an der Rohrwänden führte. Dieses Problem trieb die Unterhaltungskosten in die Höhe.

Nach nur wenigen Monaten hatten die Maschinen de facto ausgedient. Nach der Verstärkung des Oberbaus trafen in Oldenburg 1921 preußische P 8 ein, die die S 10 ablösten. Zwar zeichnete die Deutsche Reichsbahn-Gesellschaft (DRG) 1925 noch die S 10 in die Baureihe 16^0 um, doch die neuen Betriebsnummern dürften die Loks kaum noch getragen haben. Bereits 1926 trennte sich die DRG von den drei Exemplaren.

Baureihe 17^{0-1} (Länderbahnlok, preußische S 10)

Technische Daten		
Bauart		2'Ch4
Betriebsgattung		S 35.17
L. ü. Puffer (Tender pr 2'2' T 31,5)	mm	20.750
Höchstgeschwindigkeit v/r	km/h	110/50
Zylinderdurchmesser	mm	430
Kolbenhub	mm	630
Treib- und Kuppelraddurchmesser	mm	1.980
Laufraddurchmesser	mm	1.000
Kesselüberdruck	kp/cm^2	14
Rostfläche	m^2	2,86
Verdampfungsheizfläche	m^2	155,5
Dienstmasse (2/3 Vorräte)	t	129,3
Brennstoffvorrat	t	7
Wasserkasteninhalt	m^3	31,5
indizierte Leistung	PS_i	1.170
indizierte Zugkraft (0,8)	Mp	6,5

Bereits 1907 hatten die zweifachgekuppelten Schnellzugloks bei der Preußischen Staatsbahn ihre Leistungsgrenze erreicht. Doch den Schritt zum Dreikuppler ging man noch nicht. Durch den Einbau größerer Kessel und die Anwendung des Heißdampfes versuchte man, die Leistung der Zweikuppler noch einmal zu steigern. Doch dies war nicht mehr als ein Provisorium. Gut zwei Jahre später beauftragte die Preußische Staatsbahn die Berliner Maschinenbau AG (BMAG), vormals Louis Schwartzkopff, aufbauend auf der P 8 eine 2'Ch4-Schnellzuglok zu konstruieren. Die BMAG verstärkte den Kessel der P 8 und sah für die neue Gattung trotz Innentriebwerk einen Blechrahmen vor. Die im Frühjahr 1910 als Gattung S 8 in Dienst gestellten beiden Baumuster konnten nicht überzeugten. Für das Vierzylinder-Triebwerk war die Kesselleistung zu gering und Blechrahmen erschwerte die Wartung des Innentriebwerks. Die Stettiner Vulcan überarbeitete schließlich die Zeichnungen, so dass 1911 die Serienlieferung der S 10 begann, von der insgesamt 202 Stück gebaut wurden.

Doch richtig glücklich war die Preußische Staatsbahn mit der S 10 nicht, da ihr Wasser- und Kohleverbrauch und die Unterhaltungskosten viel zu hoch waren. Nach dem Ersten Weltkrieg musste die Preußische Staatsbahn fast ein Drittel der Loks an Belgien, Elsass-Lothringen, Litauen und Polen abgegeben. Die Deutsche Reichsbahn-Gesellschaft (DRG) übernahm im Herbst 1925 noch 135 Exemplare, deren Ausmusterung 1928 begann. Sieben Jahre später waren fast alle Loks aus den Betriebsdienst verschwunden. Lediglich fünf Maschinen überstanden den Zweiten Weltkrieg. 1954 wurde die letzte von ihnen aus den Bestandslisten gestrichen.

Baureihe 17^2 (Länderbahnlok, preußische S 10^2)

Technische Daten		
Bauart		2'Ch3
Betriebsgattung		S 35.17
L. ü. Puffer (Tender pr 2'2' T 31,5)	mm	21.200
Höchstgeschwindigkeit v/r	km/h	120/50
Zylinderdurchmesser	mm	500
Kolbenhub	mm	630
Treib- und Kuppelraddurchmesser	mm	1.980
Laufraddurchmesser v	mm	1.000
Kesselüberdruck	kp/cm²	14
Rostfläche	m²	2,86
Verdampfungsheizfläche	m²	155,5
Dienstmasse (2/3 Vorräte)	t	80,9[1]
Brennstoffvorrat	t	7
Wasserkasteninhalt	m³	31,5
indizierte Leistung	PS_i	k.A.
indizierte Zugkraft	Mp	k.A.

Anmerkung:
1 ohne Tender

Nachdem weder die S 10 noch die von ihr abgeleitete Verbund-Variante, die S 10^1 (s. Seite 61), restlos überzeugen konnte, plante die Preußische Staatsbahn die Entwicklung einer 2'Ch3-Schnellzugmaschine. Auslöser für diese Entscheidung war die relativ große Bruchanfälligkeit der doppelt gekröpften Achswellen bei den Verbundloks. Dies war der damaligen Herstellungstechnologie geschuldet. Die Doppel-Kropfachsen konnten noch nicht aus einem Stück geschmiedet werden. Sie wurden deshalb aus einem Block geschnitten und dann um 90° gedreht. Wie bereits die S 10^1 sollte auch die als S 10^2 bezeichnete Type auf der S 10 aufbauen. Die mit der Konstruktion beauftragte Stettiner Vulcan übernahm zahlreiche Teile der S 10, so dass bereits 1914 die ersten Exemplare der Dreizylinderlok geliefert werden konnten. Die S 10^2 bestach durch ihr sehr gutes Beschleunigungsvermögen und durch ihre deutlich geringeren Unterhaltungskosten. Sie war der S 10 deutlich überlegen, der S 10^1 hingegen war sie in Sachen Leistung und Verbrauch jedoch unterlegen.

Die Preußische Staatsbahn beschaffte insgesamt 124 Exemplare der S 10^2, von denen nach dem Ersten Weltkrieg einige Loks nach Belgien (10), Frankreich (15), Italien (1) und Polen (2) abgegeben werden mussten. Die Deutsche Reichsbahn-Gesellschaft zog die verbliebenen Loks in den nord- und mitteldeutschen Direktionen zusammen, wo sie ab 1930 teilweise durch die Baureihe 03 ersetzt wurden. Nachdem Zweiten Weltkrieg wurden schließlich die letzten Exemplare ausgemustert.

Baureihe 17² (Hochdruck- und Mitteldrucklok DRG)

Technische Daten

		H 17 206	17²
Bauart		2'Ch3v	2'Ch3
Betriebsgattung		S 35.20	S 35.18
L. ü. Puffer (Tender pr 2'2' T 31,5)	mm	21.200	21.200
Höchstgeschwindigkeit v/r	km/h	120/50	120/50
Zylinderdurchmesser (HD/ND)	mm	290/500	400/500
Kolbenhub	mm	630	630
Treib- und Kuppelraddurchmesser	mm	1.980	1.980
Laufraddurchmesser v	mm	1.000	1.000
Kesselüberdruck	kp/cm^2	60[1]	25
Rostfläche	m^2	2,56	2,85
Verdampfungsheizfläche	m^2	137,2	154,7
Dienstmasse (2/3 Vorräte)	t	93,6[2]	85,3[2]
Brennstoffvorrat	t	7	7
Wasserkasteninhalt	m^3	31,5	31,5
indizierte Leistung	PS_i	k.A.	k.A.
indizierte Zugkraft	Mp	k.A.	k.A.

Anmerkungen:
[1] 14 kp/cm^2 im Niederdruckteil [2] ohne Tender

Mitte der 1920er-Jahre gab es seitens der Deutschen Reichsbahn-Gesellschaft (DRG) und der Lokfabriken zahlreiche Versuche, die Wirtschaftlichkeit der Dampflokomotiven zu erhöhen. Dazu sollte der Kesseldruck deutlich erhöht und der Dampf in Verbundtriebwerken entspannt werden. Die Schmidtsche Heißdampf-Gesellschaft schlug in Zusammenarbeit mit der Lokfabrik Henschel der DRG den Bau einer Versuchsmaschine mit 60 kp/cm^2 Kesseldruck vor. Die Bahn stimmte dem Vorhaben zu und stellte zum Umbau die 17 206 zur Verfügung. Die Firma Henschel rüstete die Lok schließlich entsprechend um.

Die errechnete indizierte Leistung von rund 2.000 PS_i blieb jedoch eine Illusion, wie die 1927/28 durchgeführten Messfahrten der Lokomotiv-Versuchsabteilung (LVA) Grunewald zeigten. So ließ die DRG die H 17 206 im Jahr 1937 wieder in eine herkömmliche S 10² umbauen. Anders sah es bei den zu Mitteldruckloks umgebauten 17 236 und 17 239 aus. Mit ihrem für 25 kp/cm^2 zugelassenen Kessel und ihrem Verbundtriebwerk erreichten die Maschinen Leistungen, die denen der 03 ebenbürtig waren und das bei deutlich geringerem Verbrauch. Nach mehreren Kesselschäden wurden die Loks in den 1930er-Jahren wieder zurückgebaut und schließlich 1948 ausgemustert.

Baureihe 17^3 (Länderbahnlok, bayerische C V)

Technische Daten		
Bauart		2'Cn4v
Betriebsgattung		S 35.15
L. ü. Puffer (Tender bay 2'2' T 21)	mm	18.840
Höchstgeschwindigkeit v/r	km/h	90/50
Zylinderdurchmesser (HD/ND)	mm	380/610[1]
Kolbenhub	mm	640
Treib- und Kuppelraddurchmesser	mm	1.870
Laufraddurchmesser v	mm	950
Kesselüberdruck	kp/cm²	14
Rostfläche	m²	2,65
Verdampfungsheizfläche	m²	153,0
Dienstmasse (2/3 Vorräte)	t	66,2[2]
Brennstoffvorrat	t	7
Wasserkasteninhalt	m³	21
indizierte Leistung	PS_i	k.A.
indizierte Zugkraft	Mp	k.A.

Anmerkungen:
[1] ab 17 303: 360/610 mm [2] ohne Tender

Als eine der ersten deutschen Länderbahnen wagte die Bayerische Staatsbahn Ende des 19. Jahrhunderts den Schritt zur dreifachgekuppelten Schnellzuglok. Den entscheidenden Impuls dazu hatte die Lokomotivfabrik Maffei gegeben, die 1896 auf der Bayerischen Landesausstellung in Nürnberg eine 2'Cn4v-Maschine vorstellte. Die Bayerische Staatsbahn erwarb den Prototypen und unterzog ihn ausführlichen Versuchsfahrten, die die Lok mit Bravour bestand. Anschließend beauftragte die Staatsbahn die Firma Maffei mit der Entwicklung einer verstärkten Variante, deren auffälligster Unterschied die mit 1.870 mm deutlich größeren Kuppelkräder waren. Bereits 1899 stellte die Bayerische Staatsbahn die ersten Maschinen der neuen Gattung C V in Dienst. Bis 1901 baute Maffei insgesamt 42 Exemplare dieser Gattung. Allerdings konnte die C V mit ihrer Leistung – sie vermochte in der Ebene einen 160 t schweren Zug mit 90 km/h zu ziehen – nur wenige Jahre im schweren Schnellzugdienst bestehen. Bereits 1903 suchte die Bayerischen Staatsbahn einen Ersatz für die CV, die nun in untergeordnete Dienste abwanderte, sich dort aber lange halten konnte. Erst die Reparationsforderungen der Siegermächte des Ersten Weltkrieges rissen Lücken in den Bestand. Bis zum Inkrafttreten des endgültigen Umzeichnungsplanes der Deutsche Reichsbahn-Gesellschaft (DRG) schrumpfte der Park der C V auf 22 Loks. Die letzten musterte die DRG 1930 aus.

BR 17^4, 17^5 (Länderbahnlok, bayer. S 3/5 N, S 3/5 H)

Technische Daten

		17^4	17^5
Bauart		2'Cn4v[1]	2'Ch4v
Betriebsgattung		S 35.15	S 35.16
L. ü. Puffer (Tender bay 2'2' T 21)	mm	19.325	19.328[6]
Höchstgeschwindigkeit v/r	km/h	110/50	110/50
Zylinderdurchmesser (HD/ND)	mm	335/570[2]	360/590
Kolbenhub	mm	640	640
Treib- und Kuppelraddurchmesser	mm	1.870	1.870
Laufraddurchmesser v	mm	950	950
Kesselüberdruck	kp/cm²	14[3]	16
Rostfläche	m²	3,27	3,23
Verdampfungsheizfläche	m²	210,5[4]	159,47
Dienstmasse (2/3 Vorräte)	t	69,3[5]	71,9[7]
Brennstoffvorrat	t	7	7,5
Wasserkasteninhalt	m³	21	21,8
indizierte Leistung	PS_i	k.A.	k.A.
indizierte Zugkraft	Mp	k.A.	k.A.

Anmerkungen:

[1] später Umbau in 2'Ch4v

[2] ab 17 405: 340/570 mm

[3] ab 17 405: 16 kp/cm²

[4] ab 17 405: 205,5 m²; nach Umbau auf Heißdampf 160,98 m²

[5] ohne Tender; ab 17 405: 69,8 t; nach Umbau auf Heißdampf 71,0 t; ab 17 405: 71,9 t

[6] mit Tender bay 2'2' T 21,8

[7] ohne Tender; ab 17 521: 74,0 t

Ende des 19. Jahrhunderts suchte die Bayerische Staatsbahn dringend nach einer neuen leistungsfähigen Schnellzugmaschine. Aufmerksam wurden die Entwicklungen im Ausland beobachtet. Bei Baldwin in Philadelphia erwarb die Staatsbahn 1900 zwei 2'B1'n4v-Schnellzuglokomotiven, die durch eine Vielzahl technischer Neuerungen von sich Reden machten. Der filigrane aber stabile Barrenrahmen sowie das Vauclain-Triebwerk mit seinen außenliegenden übereinander angeordneten Hoch- und Mitteldruckzylindern waren in Deutschland noch unbekannt. Beide Maschinen absolvierten umfangreiche Versuchsfahrten. Der Barrenrahmen erwies sich dank seiner fertigungs- und unterhaltungstechnischen Vorteile für das in Bayern bevorzugte Verbund-Triebwerk als ideal. Das Vauclain-Triebwerk hingegen wurde wieder verworfen.

1903 beauftragte die Bayerische Staatsbahn schließlich die Lokomotivfabrik Maffei mit der Entwicklung einer 2'B1'n4v- und einer 2'C n4v-Schnellzuglokomotive. Die als S 2/5 (2'B1'n4v) und S 3/5 bezeichneten Loks sollten dabei den gleichen Achsstand und den gleichen Dampferzeuger besitzen. Maffeis Chefkonstrukteur Anton Hammel entwickelte für die S 2/5 einen Kessel, der einen zwischen den Wangen des Barrenrahmens eingezogenen Rost besaß. Die ersten S 2/5 wurden nur kurze Zeit nach der S 2/5 (siehe Seite 48) an die Bayerische Staatsbahn geliefert. In Sachen Leistung und Zugkraft war die S 3/5 der S 2/5 aufgrund ihrer drei Kuppelachsen deutlich überlegen. Sie vermochte in der Ebene einen 300 t schweren Schnellzug mit 100 km/h zu befördern. Nach den ersten 13 Maschinen gab die Bayerische Staatsbahn zwei weitere Baulose in Auftrag, so dass Maffei bis 1907 insgesamt 39 S 3/5 fertigte. Dabei besaßen die Loks des zweiten und dritten Loses aber einen Kessel, der für einen Betriebsdruck von 14 kp/cm^2 zugelassen war. Stationiert waren die Maschinen in den Betriebswerkstätten München I und Nürnberg Hbf.

Als sich Anfang des 20. Jahrhunderts die Heißdampf-Technik durchsetzte, ließ die Bayerische Staatsbahn 1906 eine S 3/5 mit einem Rauchrohrüberhitzer der Bauart Schmidt ausrüsten. Die Maschine wurde noch im selben Jahr auf der Bayerischen Landesausstellung in Nürnberg der Öffentlichkeit vorgestellt. Die Versuchsfahrten mit der Heißdampf-S 3/5 verliefen zur vollsten Zufriedenheit der Bayerischen Staatsbahn. Die Lok war ihrer Nassdampf-Schwester um Längen überlegen. Die Maschine konnte in der Ebene bei 100 km/h anstandslos einen 450 t schweren Zug bespannen. Fortan beschaffte die Bayerische Staatsbahn nur noch S 3/5 mit Heißdampf-Triebwerk. Insgesamt 30 Exemplare dieser als S 3/5 H bezeichneten Gattung lieferte Maffei bis 1911.

Noch vor dem ersten Ersten Weltkrieg stellte die Bayerische Staatsbahn die ersten S 3/5 N ab. Ab 1918 folgten einige S 3/5 H. Die Deutsche Reichsbahn-Gesellschaft (DRG) reihte 1925 noch 20 Nass- und 24 Heißdampfloks in ihren Bestand ein. Die ehemaligen S 3/5 N wurden allerdings ab 1924 mit Rauchrohrüberhitzern nachgerüstet. Obwohl die Ausmusterung der Baureihen 17^4 und 17^5 bereits 1932 bzw. 1938 begann, überstanden noch zahlreiche S 3/5 den Zweiten Weltkrieg, die im Bereich der Reichsbahndirektion Augsburg konzentriert waren. Zwischen 1946 und 1948 stellte das Bw Augsburg die letzten 17^4 ab. Zeitgleich quittierte im Bw Buchloe die letzte 17^5 den Dienst.

BR 17⁶, 17⁷, 17⁸ (Länd., sächs. XII H, XII HV; XII H1)

Technische Daten

		17⁶	17⁷	17⁸
Bauart		2'Ch4	2'Ch4v	2'Ch2
Betriebsgattung		S 35.16	S 35.16[2]	S 35.16
L. ü. Puffer (Tender sä 2'2' T 21)	mm	20.546	20.780[3]	19.803
Höchstgeschwindigkeit v/r	km/h	100/50	100/50	100/50
Zylinderdurchmesser (HD/ND)	mm	430	430/680	610
Kolbenhub	mm	630	630	630
Treib- und Kuppelraddurchmesser	mm	1.905	1.905	1.905
Laufraddurchmesser v	mm	1.065	1.065	1.065
Kesselüberdruck	kp/cm²	12	15	12
Rostfläche	m²	1,77	2,75	2,84
Verdampfungsheizfläche	m²	146,13	146,02	171,66
Dienstmasse (2/3 Vorräte)	t	73,3[1]	78,3[1]	72,7[1]
Brennstoffvorrat	t	7	7	7
Wasserkasteninhalt	m³	21	28	21
indizierte Leistung	PS_i	k.A.	k.A.	k.A.
indizierte Zugkraft	Mp	k.A.	k.A.	k.A.

Anmerkungen:
[1] ohne Tender
[2] ab 17 751: S 35.17
[3] mit Tender sä 2'2' T 28

Für den schweren Schnellzugdienst hatten die Königlich Sächsischen Staatseisenbahnen (K.Sächs. Sts.E.) im Jahr 1900 die 2'B1'-Maschinen der Gattung X V (siehe Seite 49) beschafft. Allerdings hatten die Loks nach nur wenigen Jahren ihre Leistungsgrenze erreicht. Die K.Sächs.Sts.E. entschlossen sich nun, dreifachgekuppelte Heißdampfloks zu beschaffen. Allerdings wussten die K.Sächs. Sts. E. noch nicht, ob nun das Zweizylinder-, das Vierzylinder- oder das Vierzylinderverbund-Triebwerk wirtschaftlicher sei. 1905 beauftragten die K.Sächs. Sts.E. die Sächsische Maschinenfabrik (SMF), vormals Richard Hartmann, mit der Entwicklung einer 2'Ch4-Lok. Bereits ein Jahr später lieferte die SMF die gewünschten sechs Maschinen der Gattung XII H aus. Typisch für die XII H waren der Belpaire-Stehkessel, der Blechrahmen, der Einachsantrieb (erste Kuppelachse) sowie das Verbindungsrohr zwischen den beiden Domen. Außerdem besaßen die Maschinen Windschneiden am Führerhaus

BR 17^6, 17^7, 17^8 (Länd., sächs. XII H, XII HV; XII H1)

und an der Rauchkammer. Zwar vermochte die XII H durch ihre Zugkraft zu überzeugen, doch die Verbrauchswerte entsprachen nicht ganz den Erwartungen der K.Sächs.Sts.E. So konnten die Loks in der Ebene einen 300 t schweren Zug mit 100 km/h befördern.

Nur ein Jahr später beauftragten die K.Sächs.Sts.E. die SMF mit der Entwicklung einer 2'C h2- und einer 2'Ch4v-Lok, die auf der Gattung XII H aufbauen sollten. Zunächst wurde die als Gattung XII HV vorgesehenen Verbundlok konstruiert. Zu besseren Nutzung des Druckgefälles im Verbundtriebwerk wurde der Kesseldruck von 12 auf 15 kp/cm^2 erhöht. 1908 lieferte die SMF die ersten Maschinen aus. Sie waren zwar in puncto Zugkraft und Leistung der XII H ein wenig unterlegen – so konnte die Verbundloks in der Ebene bei 100 km/h nur einen 270 t schweren Zug ziehen – aber ihre Verbrauchswerte waren deutlich besser.

Im Jahr 1909 lieferte die SMF schließlich die sieben bestellten Zweiylinder-Loks der Gattung XII H 1, die sich trotz des wieder auf 12 kp/cm^2 reduzierte Kesseldrucks als die stärkste der drei 2'C-Loks erwies. Bei 100 km/h konnten die Loks in der Ebenen anstandslos einen 450 t schweren Zug befördern. Doch ihre Verbrauchswerte lagen über denen der XII HV. Obwohl diese mit ihrem Verbundtriebwerk in der Beschaffung und Wartung deutlich teurer war, gaben die K.Sächs.Sts.E. ihr den Vorzug und ließen bei der SMF weitere Exemplare fertigen. Insgesamt 42 Maschinen der Gattung XII HV wurden in Dienst gestellt.

Die 2'C -Maschinen bildeten nun für einige Jahre das Rückgrat im schweren Schnellzugdienst bei den K.Sächs.Sts.E. Die Deutsche Reichsbahn-Gesellschaft übernahm 1925 noch sechs XII H (17^6), 36 XII HV (17^7) und sieben XII H 1 (17^8). Doch bereits in der zweiten Hälfte der 1920er-Jahre wurden viele der in den Bahnbetriebswerken Dresden Altstadt, Chemnitz Hbf, Leipzig Hbf Nord, Reichenbach und Zwickau (Sachs.) beheimateten Lokomotiven ausgemustert. Im Frühjahr 1933 waren nur noch zwölf ehemalige XII HV und die als Heizlok genutzte 17 604 im Bestand. Ab 1938 stand nur noch die in Dresden-Altstadt genutzte 17 604 in Diensten der Reichsbahn, und das bis 1956.

Baureihe 17^{10-12} (Länderbahnlok, preußische $S\ 10^1$)

Technische Daten

		Bauart 1911	Bauart 1914
Bauart		2'C h4v	2'C h4v
Betriebsgattung		S 37.17	S 37.17
L. ü. Puffer (Tender pr 2'2' T 31,5)	mm	20.910	20.910
Höchstgeschwindigkeit v/r	km/h	120/50	120/50
Zylinderdurchmesser (HD/ND)	mm	400/610	400/610
Kolbenhub	mm	660	660
Treib- und Kuppelraddurchmesser	mm	1.980	1.980
Laufraddurchmesser v	mm	1.000	1.000
Kesselüberdruck	kp/cm^2	15	15
Rostfläche	m^2	3,18	2,95
Verdampfungsheizfläche	m^2	163,06	162,44
Dienstmasse (2/3 Vorräte)	t	135,2	134,9
Brennstoffvorrat	t	7	7
Wasserkasteninhalt	m^3	31,5	31,5
indizierte Leistung	PS_i	1.420	1.420
indizierte Zugkraft (0,8)	Mp	7,4	7,4

Während die Arbeiten an der preußischen S 10 (siehe Seite 53) noch liefen, wurde in der Eisenbahnabteilung des Ministeriums für öffentliche Arbeiten über die Beschaffung einer 2'C-Schnellzug-Maschine mit Verbund-Triebwerk nachgedacht. Auslöser dafür waren die Erfolge der süddeutschen Länderbahnen mit dieser Technik. Das Eisenbahn-Zentralamt (EZA) nahm deshalb umgehend Gespräche mit der Firma Henschel auf. Robert Garbe, der Beschaffungs-Dezernent der Preußischen Staatsbahn, stand diesem Ansinnen jedoch skeptisch gegenüber. Er hielt die Verbundtechnik seit der Einführung des Heißdampfes für überflüssig. Das EZA hingegen versprach sich von den Verbund-Maschinen eine Reduzierung des Wasser- und Kohleverbrauchs. Außerdem verlangten vor allem die mitteldeutschen Direktionen immer wieder nach einer leistungsstarken Maschine. Besonders prekär war die Lage im Bereich der KED Halle. Sie musste von der Bayerischen Staatsbahn Züge übernehmen, die von der S 3/6 bespannt wurden. Doch weder die S 10 noch die P 8 konnten diese Züge auf die Dauer bespannen.

Georg Heise konstruierte schließlich die vom EZA gewünschte 2'Ch4v-Maschinen. Dabei hatte Heise mit Robert Garbe manchen Strauß auszufechten, denn der Beschaffungs-Dezernent bestand immer wieder auf eine Übernahme der S 10 – nur mit Verbundtriebwerk. Allerdings konnte sich Garbe mit seinen teilweise sehr willkürlichen und unbegründeten Forderungen nicht durchsetzen. Das EZA sprach sich schließlich am 29. April 1911 für den Henschel-Entwurf aus. Dabei unterstrich das EZA noch einmal nachdrücklich, dass die Achsfahrmasse der Lok 17 t nicht überschreiten dürfe und die ersten Maschinen 1911 geliefert werden müssten. Die Firma Henschel übergab im Oktober 1911 die gewünschten zehn Loks, die auf die Direktionen Bromberg, Halle, Posen und Stettin verteilt wurden. Typisch für diese als S 10^1 bezeichneten Loks waren die niedrige Pufferbohle und die Radkästen über dem Umlauf. Die S 10^1 überzeugte in Leistung und Verbrauch. Sie war deutlich besser als die S 10. Auch die P 8, die damals als eine der besten Loks galt, war der S 10^1 unterlegen. Die S 10^1 entpuppte sich als Preußens stärkste Schnellzuglok.

Den 1911 und 1912 gebauten 145 Maschinen folgte eine überarbeitete Variante, die Garbes Nachfolger Hinrich Lübken 1913 bei Henschel in Auftrag gegeben hatte. Lübkens Ziel war eine Verringerung der Masse, damit die Maschinen mit einem Oberflächenvorwärmer ausgerüstet werden konnten. Die als »Bauart 1914« bezeichneten Loks besaßen einen kombinierten Blech-Barrenrahmen, höhere Umlaufbleche, eine modifizierte Steuerung für die Innenzylinder sowie höher angeordnete Zylinder. Die S 10^1 wurde nun zu *der* preußischen Schnellzuglok schlechthin. Auch nach dem Ersten Weltkrieg trug die nunmehrige Baureihe 17^{10-12} die Hauptlast des schweren Schnellzugdienstes in den ehemals preußischen Direktionen. Erst die Baureihe 01 verdrängte die ehemalige S 10^1 aus einigen Einsatzgebieten. Mit der Indienststellung der Baureihe 03 verloren die Preußinnen zahlreiche hochwertige Leistungen. Der Eil- und Personenzugdienst wurde nun das bevorzugte Einsatzgebiet der Maschinen. Allerdings hatte der schwere Dienst in den 1920er-Jahre deutliche Spuren bei der Baureihe 17^{10-12} hinterlassen. Die Kessel zahlreicher Loks waren bereits in den 1930er-Jahren verschlissen, trotzdem konnte man auf die Loks noch nicht verzichten.

Dies änderte sich nach dem Zweiten Weltkrieg schlagartig: Die Deutsche Bundesbahn begann bereits ab 1946 damit, ihre S 10^1 schrittweise auf das Abstellgleis zu schieben. 1950 wurden die Loks schließlich ausgemustert und als Schrott nach Jugoslawien verkauft.

Der Deutschen Reichsbahn in der DDR waren nach 1945 lediglich 34 Maschinen der »Bauart 1911« und fünf Exemplare der »Bauart 1914« verblieben. 15 von ihnen wurden auf Kohlenstaubfeuerung des Systems Wendler (siehe Seite 63) umgestellt. Die anderen Loks gingen bis 1963 den Weg allen alten Eisens.

BR 17^{10-12} (Umbaulok DR, Kohlenstaubfeuerung)

Technische Daten

Bauart		2'C h4v
Betriebsgattung		S 37.17
L. ü. Puffer (Tender 2'2' T 26 Kst)	mm	20.910
Höchstgeschwindigkeit v/r	km/h	120750
Zylinderdurchmesser (HD/ND)	mm	400/610
Kolbenhub	mm	660
Treib- und Kuppelraddurchmesser	mm	1.980
Laufraddurchmesser v	mm	1.000
Kesselüberdruck	kp/cm^2	15
Rostfläche	m^2	3,18
Verdampfungsheizfläche	m^2	163.06
Dienstmasse (2/3 Vorräte)	t	83,1[1]
Brennstoffvorrat	t	22[2]
Wasserkasteninhalt	m^3	26
indizierte Leistung	PS_i	ca. 1500
indizierte Zugkraft	Mp	7,4

Anmerkungen:
[1] ohne Tender
[2] 22 m^3 Kohlenstaub

Die Deutsche Reichsbahn (DR) in der sowjetischen Besatzungszone (SBZ) hatte ab 1945 mit ernsthaften Problemen bei der Brennstoffversorgung zu kämpfen, da die Zechen aus dem Saarland, dem Ruhrgebiet und Oberschlesien keine Steinkohle mehr lieferten. Die DR konnte jetzt nur noch einheimische Braunkohle verfeuern, die jedoch einen deutlich geringeren Heizwert besaß. Außerdem zerfiel die Braunkohle sehr schnell auf dem Rost und die glühenden Kohleteilchen brannten im Aschkasten aus. Das führte häufig zu Dampfmangel und Zuglaufstörungen. In dieser Situation erinnerte sich die DR der Kohlenstaubfeuerung, mit der man bereits in den 1920er-Jahren experimentiert hatte. Der Ingenieur Hans Wendler griff diese Technik auf und entwickelte Ende der 1940er-Jahre eine einfache aber betriebstaugliche pneumatische Kohlenstaubfeuerung, die zunächst vor allem in Güterzugloks eingebaut wurde. Die relativ lange und schmale Feuerbüchse der S 10^2 eignete sich sehr gut zum Einbau einer Kohlenstaubfeuerung, mit der zunächst 1949 die 17 1119 ausgerüstet wurde. Sie wurde dabei mit einem entsprechend umgebauten Kondenstender ausgerüstet. Ihr folgten bis 1951 noch weitere 14 Maschinen, von denen die blau lackierte 17 1104 einen Langlauftender erhalten hatte. Die im Bw Cottbus stationierten Loks erwiesen sich jedoch aufgrund ihres Alters als recht schadanfällig. Bereits 1957 untersuchte die DR, ob die Maschinen alle erhaltungswürdig seien. Zwei Loks wurden daraufhin ausgemustert. Nach der Indienststellung der Baureihe 23^{10} (siehe Seite 90) trennte sich die DR recht schnell von der kohlenstaubgefeuerten S 10^1. Bis 1964 wurden alle ausgemustert.

Baureihe 18⁰ (Länderbahnlok, sächsische XVIII H)

Technische Daten		
Bauart		2'C1'h3
Betriebsgattung		S 36.17
L. ü. Puffer (Tender sä 2'2' T 31)	mm	22.150
Höchstgeschwindigkeit v/r	km/h	120/50
Zylinderdurchmesser	mm	500
Kolbenhub	mm	630
Treib- und Kuppelraddurchmesser	mm	1.905
Laufraddurchmesser v/h	mm	1.065/1.260
Kesselüberdruck	kp/cm^2	14
Rostfläche	m^2	4,52
Verdampfungsheizfläche	m^2	216,52
Dienstmasse (2/3 Vorräte)	t	143,3
Brennstoffvorrat	t	7
Wasserkasteninhalt	m^3	31
indizierte Leistung	PS_i	k.A.
indizierte Zugkraft	Mp	k.A.

Die Königlich Sächsischen Staatseisenbahnen (K.Sächs.Sts.E.) waren immer auf der Suche nach einer auf ihren Strecken universell einsetzbaren Schnellzuglok. Diese sollte sowohl auf den relativ flachen Strecken nach Berlin und Leipzig als auch auf den steigungsreichen Strecken nach Chemnitz, Reichenbach und Hof zum Einsatz kommen. Kurz vor dem Ersten Weltkrieg genügten die XII HV (siehe Seite 59) und ihre Ableger nicht mehr den betrieblichen Belangen. Zur Unterbringung eines leistungsfähigeren Kessel entschieden sich die K.Sächs.Sts.E. nun für die Achsfolge 2'C1'. Die sehr guten Erfahrungen, die die Bayerische Staatsbahn dabei mit der S 3/6 gemacht hatten, veranlassten die Sachsen, sich 1951 eine solche Maschine für Testfahrten auszuleihen. Da diese sehr erfolgreich waren, verhandelten die K.Sächs.Sts.E. mit der Firma Maffei über einen Lizenzbau.

Da die Verhandlungen jedoch an den Preisvorstellungen scheiterten, beauftragten die K.Sächs.Sts.E. die Sächsische Maschinenfabrik (SMF), vormals Richard Hartmann, mit der Entwicklung einer leistungsfähigen 2'C1'-Lok. Die Chemitzer Ingenieure beschritten bei der Konstruktion der XVIII H neue Wege. Sie übernahmen süddeutsche (großer Kessel mit breiter Feuerbüchse) und preußische Bauelemente (Blechrahmen mit vorderem Barrenrahmenteil und Dreizylinder-Triebwerk). Die SMF lieferte 1917/18 die zehn XVIII H ab.

Die Maschinen vermochten durch ihre sehr gute Anfahrbeschleunigung und ihre Laufruhe zu überzeugen. Lediglich der Verbrauch und die Schleuderneigung vor schweren Zügen wurden bemängelt. Trotzdem bewährte sich die XVIII H über viele Jahre in Diensten des Bw Dresden-Altstadt vor Schnell- und Eilzügen. Erst ab 1965 trennte sich die Deutsche Reichsbahn von den Maschinen.

Baureihe 18[1] (Länderbahnlok, württembergische C)

Technische Daten		
Bauart		2'C1'h4v
Betriebsgattung		S 36.16
L. ü. Puffer (Tender wü 2'2' T 30)	mm	21.855
Höchstgeschwindigkeit v/r	km/h	115[1]/50
Zylinderdurchmesser (HD/ND)	mm	420/610[2]
Kolbenhub	mm	612
Treib- und Kuppelraddurchmesser	mm	1.800
Laufraddurchmesser v/h	mm	1.000/1.250
Kesselüberdruck	kp/cm²	15
Rostfläche	m²	3,95
Verdampfungsheizfläche	m²	208,0
Dienstmasse (2/3 Vorräte)	t	85,2[3]
Brennstoffvorrat	t	10
Wasserkasteninhalt	m³	30
indizierte Leistung	PS_i	1.840
indizierte Zugkraft	Mp	7,94

Anmerkungen:
[1] Einige Loks waren auch für 120 km/h zugelassen.
[2] 18 110 bis 18 122: 430/635 mm
[3] ohne Tender; ab 18 125: 87,8 t

Anfang des 20. Jahrhunderts bestimmten bei der Königlich Württembergischen Staats-Eisenbahn (K.W.StE.) noch zweifachgekuppelte Schnellzug-Maschinen das Bild. Allerdings erwiesen sich diese Loks vor allem auf der Geislinger Steige zwischen Stuttgart und Ulm als zu schwach. Die K.W.StE. beauftragte deshalb 1908 die Maschinenfabrik Esslingen mit der Entwicklung einer leistungsfähigen 2'C 1'-Lok. Bereits Anfang 1909 lieferte Esslingen die ersten fünf Loks der württembergischen Klasse C aus. Typisch für die Maschinen war der Blechrahmen, der niedrige Umlauf und der lange schlanke Kessel, der sich als sehr verdampfungsfreudig erwies. Die im Juli und August 1909 durchgeführten Testfahrten mit zwei Loks der Klasse C verliefen zu vollsten Zufriedenheit. Bis 1921 lieferte Esslingen insgesamt 41 der als »Schöne Württembergerin« bezeichneten C ab, von denen die Deutsche Reichsbahn-Gesellschaft (DRG) 1925 jedoch nur noch 37 übernahm. Die Glanzzeit der C, die als kleinste 2'C1'-Länderbahnlok in die Eisenbahngeschichte einging, währte nur kurz. Bereits in der zweiten Hälfte der 1920er-Jahre verlor die C zahlreiche Leistungen auf der Strecke Stuttgart–Ulm an die preußische P 10. Mit der Elektrifizierung der Strecke im Jahr 1932 wurden die Loks nun vermehrt von anderen Dienststellen aus eingesetzt. Dabei erbrachte die C beachtliche Leistungen, zu denen unter anderem ein Langlauf zwischen Nürnberg und Friedrichshafen gehörte. Doch der Niedergang war unübersehbar. Bis 1950 gingen bereits elf Maschinen den Weg des alten Eisens. 1955 musterte die Deutsche Bundesbahn die letzten beiden Loks aus.

Baureihe 18^2 (Länderbahnlok, badische IV f)

Technische Daten		
Bauart		2'C1'h4v
Betriebsgattung		S 36.16
L. ü. Puffer (Tender bad 2'2' T 15)	mm	21.171
Höchstgeschwindigkeit v/r	km/h	100/50
Zylinderdurchmesser (HD/ND)	mm	425/650
Kolbenhub (HD/ND)	mm	610/670
Treib- und Kuppelraddurchmesser	mm	1.800
Laufraddurchmesser v/h	mm	990/1.200
Kesselüberdruck	kp/cm^2	16
Rostfläche	m^2	4,5
Verdampfungsheizfläche	m^2	208,72
Dienstmasse (2/3 Vorräte)	t	88,3[1]
Brennstoffvorrat	t	7,5
Wasserkasteninhalt	m^3	15
indizierte Leistung	PS_i	k.A.
indizierte Zugkraft	Mp	k.A.

Anmerkung:
[1] ohne Tender; ab 18 231: 89,7 t; ab 18 256: 88,6 t

Zu den wichtigsten Hauptstrecken der Großherzoglich Badischen Staatsbahn gehörten die steigungsreiche Schwarzwaldbahn Offenburg–Villingen und die relativ flache Rheintalstrecke Mannheim– Basel. Für diese beiden so unterschiedlichen Magistralen suchte die Großherzoglich Badische Staatsbahn Anfang 1905 nach einer neuen Schnellzugmaschine, da die bisher eingesetzten 2'C-Maschinen zu schwach waren. Den Zuschlag zum Bau der als Reihe IV f geplanten Type erhielt die Firma Maffei, die mit ihrem Entwurf ein neues Kapitel in der deutschen Lokomotiv-Geschichte aufgeschlagen hatte. Erstmals erhielt ein deutsche Schnellzuglok die als »Pazifik« bezeichnete Achsfolge 2'C1'. Neu war auch der aus Flusseisen geschweißte und anschließend geglühte Rahmen. Damit die Vierzylinderverbund-Maschinen auf der Schwarzwaldbahn und auf der Rheintalstrecke eingesetzt werden konnten, hatte Maffei einem Kuppelraddurchmesser von 1.800 mm gewählt. Die IV f vermochte bei 100 km/h in der Ebene einen 460 t schweren Zug zu befördern.

Nach den ersten drei Baumustern 1907 vergab die Großherzoglich Badische Staatsbahn die Fertigung der anderen 32 Loks an die Maschinenbaugesellschaft (MBG) Karlsruhe. Allerdings währte die Freude an der bis 1912 beschafften IV f nur kurz, denn die Unterhaltungskosten für das Triebwerk waren sehr hoch. Außerdem beklagten die Lokführer die schlechten Laufeigenschaften im oberen Geschwindigkeitsbereich. Schon Anfang der 1920er-Jahre schieden die ersten IV f aus dem Bestand aus. Die Deutsche Reichsbahn-Gesellschaft (DRG) reihte 1925 nur noch 22 Loks in ihren Bestand ein, die aber durch die preußische P 8 abgelöst wurden. 1930 trennte sich die DRG schließlich von der letzten IV f.

Schnellfahrlok 18 201 (Rekolok DR)

Technische Daten

Bauart		2'C1'h3
Betriebsgattung		S 36.20
Länge ü. Puffer (Tender 2'2' T 34)	mm	25.145
Höchstgeschwindigkeit v/r	km/h	175/50
Zylinderdurchmesser	mm	520
Kolbenhub	mm	660
Treib- und Kuppelraddurchmesser	mm	2.300
Laufraddurchmesser v/h	mm	1.100/1.250
Kesselüberdruck	kp/cm²	16
Rostfläche	m²	4,23
Verdampfungsheizfläche	m²	206,3
Dienstmasse (2/3 Vorräte)	t	176,9
Brennstoffvorrat	t	13,5[1]
Wasserkasteninhalt	m³	34
indizierte Leistung	PS_i	ca. 1.800
indizierte Zugkraft (0,8)	Mp	k. A.

Anmerkung:
[1] 13,5 m³ Heizöl

Die Deutsche Reichsbahn (DR) in der DDR benötigte Ende der 1950er-Jahre zur Erprobung neuer, für den Export bestimmter Reisezugwagen dringend eine Lokomotive, die Geschwindigkeiten von 160 km/h fahren konnte. Da geeignete Diesel- und Elloks noch fehlten und auch in absehbarer Zeit nicht zu beschaffen waren, suchte die Versuchs- und Entwicklungsstelle der Maschinenwirtschaft (VES-M) Halle nach einer passenden Dampflok. Für Höchstgeschwindigkeiten von mehr als 150 km/h hatte die Deutsche Reichsbahn-Gesellschaft (DRG) nur die Maschinen der Baureihen 05 und 61 beschafft. So sondierte der Chef des VES-M, Max Baumberg, bei der Deutsche Bundesbahn (DB), ob man eine der ausgemusterten 05er erwerben könne. Allerdings waren die Loks derart verschlissen, dass ein Ankauf aus Kostengründen wenig Sinn machte. Der DR war aber die 61 002 verblieben, die die DRG für den Henschel-Wegmannn-Zug beschafft hatte. Die für 175 km/h ausgelegte 61 002 verfügte zwar über ein ausgezeichnetes Trieb- und Laufwerk, doch der aus dem nicht alterungsbeständigen Stahl St 47 K hergestellte Kessel konnte nicht mehr genutzt werden. Zudem krankte die Lok an einer falschen Abstimmung zwischen Triebwerk und Kessel. So entstand die Idee, auf dem Lauf- und Triebwerk der 61 002 im Rahmen des Rekonstruktions-Programms die benötigte Schnellfahrlok aufzubauen. Die dafür notwendigen Zeichnungen erstellte die VES-M Halle. Auf das sehr gute Laufwerk wurde ein Reko-Kessel des Typs 39 E, wie er bei den Baureihen 03^{10}, 22 und 41 verwendet wurde, aufgesetzt. Da der Kessel nur für 16 kp/cm² zuglassen war, musste die Schnellfahrlok neue, größere Zylinder erhalten, die die ausgemusterte

Schnellfahrlok 18 201 (Rekolok DR)

Versuchslok H 45 024 lieferte. Von ihr stammten auch das hintere Rahmenteil mit der Laufachse und der Rückstellvorrichtung. Der mittlere Zylinder hingegen war eine Schweißkonstruktion.
Den Umbau der 61 002 zur Schellfahr-Schlepptenderlok übernahm schließlich das Raw Meiningen, das die als 18 201 bezeichnete Lok 1961 fertigstellte. Die geschwungenen kleinen Windleitbleche, die Domverkleidung, die spitze Rauchkammertür sowie die Verkleidung der vorderen Pufferbohle und des Tenders gaben der Maschine ein windschnittiges Äußeres. Durch ihre grüne Lackierung mit dem weißen Zierstreifen erhielt die 18 201 ein unverwechselbares Aussehen. Nach ihrer Endabnahme kam die Lok zum Bw Halle P, das die 18 201 entweder vor Messzügen im Auftrag der VES-M oder im regulären Plandienst einsetzte. Auf dem Versuchsring in Prag-Velin erreichte die Lok 1964 stolze 176 km/h. Kurze Zeit später, im Mai 1965, zog das Bw Halle P die Maschine auf Anweisung des Chefs der VES-M Halle, Max Baumberg, aus dem Plandienst zurück, damit sie nicht unnötig verschlissen wurde. Das Raw Meiningen rüstete die 18 201 im Sommer 1967 mit einer Ölhauptfeuerung aus. Auch in den 1970er-Jahren musste die nun als 02 0201 bezeichnete Lok immer wieder vor Messzügen ihre Qualitäten zeigen. Ihren letzten Schnellfahrversuch absolvierte sie schließlich im Oktober 1976 zwischen Eilenburg und Torgau. Ab 1978 kam die Lok auch verstärkt vor Sonderzügen zum Einsatz. Ab 1980 besaß die Lok den Status eines »Historischen Triebfahrzeuges« und war damit von der DR für den langfristigen betriebsfähigen Erhalt als Museumslok vorgesehen. Heute gehört die 18 201 als schnellste betriebsfähige Dampflok der Welt zu den unumstrittenen Stars auf Deutschlands Schienen. Seit Frühjahr 2002 trägt die Lok vorübergehend eine rote Lackierung.

Baureihe 18^3 (Länderbahnlok, badische IV h)

Da die Reihe IV f (siehe Seite 66), die die Großherzoglich Badische Staatsbahn zwischen 1907 und 1912 beschafft hatte, aufgrund ihrer zu kleinen Kuppelräder nicht alle Erwartungen erfüllen konnte, bestand nach nur relativ kurzer Zeit wieder Bedarf an einer neuen Schnellzug-Maschine. Deshalb forderte die Großherzoglich Badische Staatsbahn alle deutschen Lokhersteller zur Entwicklung einer 2'C1'-Maschine auf, die auf der Rheintalstrecke einen 525 t schweren Zug mit 100 km/h befördern konnte. Diesen Wettbewerb entschied abermals die Firma Maffei für sich, die den Entwurf für eine 2'C1'h4v-Lok mit 2.100 mm großen Kuppelrädern vorgelegt hatte. Obwohl die Großherzoglich Badische Staatsbahn bereits 1915 das erste Baulos der als Reihe IV h bezeichneten Maschinen in Auftrag gegeben hatte, konnte Maffei aufgrund der fehlenden Fertigungskapazitäten und Materialien erst im Frühsommer 1918 die ersten drei Maschinen abliefern. Die restlichen 17 Loks stellte die Firma in zwei weiteren Baulosen her.
Typisch die 2'C1'h4v-Loks waren neben den großen Kuppelräder, der mächtige Zylinderblock mit den großen Doppelschiebern, der Zweiachsantrieb der Bauart de Glehn, der Barrenrahmen und der Löschetrichter mit Fallrohr zum Reinigen

Baureihe 18^3 (Länderbahnlok, badische IV h)

Technische Daten

Bauart		2'C1'h4v
Betriebsgattung		S 36.17
L. ü. Puffer (Tender bad 2'2 T 29,6)	mm	23.230
Höchstgeschwindigkeit v/r	km/h	140[1]/50
Zylinderdurchmesser (HD/ND)	mm	440/680
Kolbenhub	mm	680
Treib- und Kuppelraddurchmesser	mm	2.100
Laufraddurchmesser v/h	mm	990/1.200
Kesselüberdruck	kp/cm^2	15
Rostfläche	m^2	4,95
Verdampfungsheizfläche	m^2	221,11
Dienstmasse (2/3 Vorräte)	t	160,2
Brennstoffvorrat	t	9
Wasserkasteninhalt	m^3	29,6
indizierte Leistung	PS_i	1.950
indizierte Zugkraft (0,8)	Mp	8,9

Anmerkung:
[1] mit Sondergenehmigung auch 155 km/h bei 18 316 und 18 323 möglich

der Rauchkammer. Die IV h bestach durch ihre hervorragenden Laufeigenschaften. Die Leistung hingegen entsprach aufgrund des zu knapp dimensionierten Kessels und des zu kleinen Überhitzers nicht den Potenzial der Lok. Weiterhin fiel die Kesselreserve sehr knapp aus und der Wasser- und Kohlenverbrauch der IV h waren höher als der der Einheitslokomotiven der Baureihe 01, die die badischen Maschinen bereits Anfang der 1930er-Jahre aus ihren heimatlichen Einsatzgebieten verdrängten. Außerdem schlug das Triebwerk der IV h mit recht hohen Unterhaltungskosten zu Buche, was den Doppelschiebern geschuldet war. Bei ihnen saßen die Schieber für die Hoch- und Niederduckzylinder auf einer Schieberstange, was beim Einstellen der Schieber sehr viel Erfahrung und Fingerspitzengefühl verlangte.

Allerdings konnte die Deutsche Reichsbahn-Gesellschaft (DRG) in den 1930er-Jahre auf die ehemalige IV h noch lange nicht verzichten. Im hochwertigen Reisezugdienst erbrachte sie respektable Leistungen. Während des Zweiten Weltkrieges wurden die Loks im Bw Bremen Hbf zusammengezogen. Bei Kriegsende waren die meisten Loks kalt abgestellt und wurden 1948 ausgemustert.

Als Bremslokomotiven für das spätere Bundesbahn-Zentralamt (BZA) Minden konnte Theodor Düring jedoch drei Maschinen vor der Verschrottung retten: 18 316, 18 319 und 18 323 standen nun, ausgerüstet mit Riggenbach-Gegendruckbremse und kleinen Windleitblechen, noch lange Jahre in Diensten des BZA Minden, bevor auch sie ausgemustert wurden – 18 319 nach einem Triebwerksschaden 1964 sowie 18 316 und 18 323 im Jahr 1969.

Baureihe 18^3 (Rekolok DR)

Technische Daten		
		18 314
Bauart		2'C1'h4v
Betriebsgattung		S 36.19
Länge ü. Puffer (Tender 2'2' T 34)	mm	23.630
Höchstgeschwindigkeit v/r	km/h	150/50
Zylinderdurchmesser (HD/ND)	mm	440/680
Kolbenhub	mm	680
Treib- und Kuppelraddurchmesser	mm	2.100
Laufraddurchmesser v/h	mm	990/1.200
Kesselüberdruck	kp/cm²	16
Rostfläche	m²	4,23
Verdampfungsheizfläche	m²	199,5
Dienstmasse (2/3 Vorräte)	t	168,3
Brennstoffvorrat	t	13,5[1]
Wasserkasteninhalt	m³	34
indizierte Leistung	PS_i	ca. 2.000
indizierte Zugkraft (0,8)	Mp	9,1

Anmerkung:
[1] 13,5 m³ Heizöl

Der Vorsteher des Reichsbahnausbesserungswerkes (Raw) Stendal, Max Baumberg, war ein Freund süddeutscher Vierzylinderverbund-Schnellzugloks. Nach dem zweiten Weltkrieg war der Deutschen Reichsbahn (DR) in der sowjetischen Besatzungszone allerdings nur die 18 434 verblieben. Dank sehr guter Kontakte zu Theodor Düring, der maßgeblich am Wiederaufbau des Versuchswesens in den westlichen Besatzungszonen beteiligt war, gelang es Baumberg, am 2. Juni 1948 die 18 434 gegen die 18 314 einzutauschen. Nach einer Hauptuntersuchung bespannte die IV h Dienstgüterzüge des Raw Stendal. Ab 1950 gehörte die Lok zum Bw Dresden-Alstadt, wo sie wenig später abgestellt wurde.

Nach der Gründung der Lokomotiv-Versuchsanstalt (LVA) Halle (Saale), zu deren Leiter Max Baumberg berufen wurde, benötigte die DR dringend Bremslokomotiven. Das sehr gute Laufwerk und das Vierzylinderverbund-Triebwerk prädestinierten die 18 314 geradezu für diese Verwendung. Auf Initiative Baumbergs wurde die Lok Ende 1950 wieder aufgearbeitet und für ihren Dienst als Bremslok mit einer Riggenbach-Gegendruckbremse ausgerüstet. Ab 16. Februar 1961 gehörte die Lok zum Bestand des Bw Halle P, das die Maschinen der LVA betreute.

In der zweiten Hälfte der 1950er-Jahre nahmen die Verschleißerscheinungen – vor allem am Kessel – der 18 314 deutlich zu. Da die LVA Halle aber noch nicht auf die Lok verzichten konnte, zumal immer mehr Laufgüte-Untersuchnungen an Reisezugwagen auf

dem Programm standen, versuchte Max Baumberg die 18 314, die er auch als »Schorsch« bezeichnete, im Zuge des so genannten Rekonstruktions-Programmes gründlich zu modernisieren. Dies übernahm 1960 das Raw Zwickau. Kernpunkt der Modernisierung war der Einbau eines leicht modifizierten Verbrennungskammer-Kessels des Typs 39E. Außerdem erhielt die 18 314 ein neues Einheitsführerhaus, kleine Windleitbleche und einen Einheitstender der Bauart 2'2'T 34. Die Maschine bekam zudem eine Domverkleidung, eine spitze Rauchkammertür und eine Blechverkleidung für den Zylinderblock. Diese Umbauten sowie die neue grüne Lackierung mit dem weißen Zierstreifen gaben dem »Schorsch« ein völlig neues Aussehen. Durch die Veränderung des Massenausgleiches und den Einbau einer Kssbr-Bremse (schnellwirkende Knorr-Bremse) konnte die zulässige Höchstgeschwindigkeit der Maschine von 140 auf 150 km/h erhöht werden.

Nach der Rekonstruktion kehrte die Lok wieder zurück zum Bw Halle P, wo sie wie eh und je entweder als Bremslok oder vor planmäßigen Eil- und Schnellzügen Verwendung fand. Nach einer Hauptuntersuchung Ende 1967 entfiel für den Heizer das schweißtreibende Schippen auf der 18 314, denn das Raw Meiningen hatte die Maschine mit einer Ölhauptfeuerung ausgerüstet. Als die DR 1970 ihre EDV-gerechten Loknummern einführte wurde aus der 18 314 die 02 0314, die aber nur noch sehr selten unter Dampf stand. Am 31. Dezember 1971 wurde die Lok abgestellt und im Sommer 1972 dem Verkehrsmuseum Dresden als Ausstellungsstück übergeben. Allerdings wurde der »Schorsch« nur selten der Öffentlichkeit gezeigt. Meist stand die Maschine im Lokschuppen von Meuselwitz. Anfang 1984 verkaufte die DR die 18 314 in die Bundesrepublik. Seit 1986 kann man die Reko-IV h im »Auto & Technik Museum Sinsheim« bewundern.

Baureihe 18^4 (Länderbahnlok, bayerische S 3/6)

Technische Daten

		18^4	18 461–478	18 479–508
Bauart		2'C1'h4v	2'C1'h4v	2'C1'h4v
Betriebsgattung		S 36.16	S 36.17	S 36.17
L. ü. Puffer (Tender bay 2'2 T 26,2)	mm	21.396[1]	21.221[7]	21.371[8]
Höchstgeschwindigkeit v/r	km/h	120/50	120/50	120/50
Zylinderdurchmesser (HD/ND)	mm	425/650	425/650	425/650
Kolbenhub	mm	610/670	610/670	610/670
Treib- und Kuppelraddurchmesser	mm	1.870[2]	1.870	1.870
Laufraddurchmesser v/h	mm	950/1.206	950/1.206	950/1.206
Kesselüberdruck	kp/cm^2	15	15	16
Rostfläche	m^2	4,53	4,53	4,53
Verdampfungsheizfläche	m^2	197,41	197,41	197,41
Dienstmasse (2/3 Vorräte)	t	88,3[3]	137,4	141,2
Brennstoffvorrat	t	7,5[4]	7,5	8,5
Wasserkasteninhalt	m^3	26,2[5]	26,4	27,4
indizierte Leistung	PS_i	1.770	1.770	1.830
indizierte Zugkraft (0,8)	Mp	9,08[6]	9,08	9,68

Anmerkungen:

[1] 18 425 bis 18 434 mit Tender bay 2'2 T 26,4 (21.221 mm);
18 441 bis 18 458 Tender bay 2'2 T 32,5 (22.095 mm)

[2] 18 441 bis 18 458: 2.000 mm

[3] 18 425 bis 18 434: 89,7 t; 18 441 bis 18 458: 91,6 t

[4] 18 425 bis 18 434: 8,5 t; 18 441 bis 18 458: 8 t

[5] 18 425 bis 18 434: 26,4 m^3; 18 441 bis 18 458: 32,5 m^3

[5] mit Tender bay 2'2 T 26,4

[6] 18 441 bis 18 458: 8,49 Mp

[7] mit Tender bay 2'2 T 26,4

[8] mit Tender bay 2'2 T 27,4

Zu den bekanntesten deutschen Schnellzug-Dampflokomotiven gehört zweifelsohne die bayerische S 3/6, deren Beschaffungszeitraum sich über 24 Jahre erstreckte. Nur wenige Jahre nach der Indienststellung der 2'C-Maschinen der Gattung S 3/5 (siehe Seite 57) benötigte die Bayerische Staatsbahn wieder leistungsstärkere Lokomotiven. Vor allem auf den recht steigungsreichen Strecken musste immer wieder mit Vorspann gefahren werden. Die ersten Testfahrten der Großherzoglich Badischen Staatsbahn mit der von Maffei konstruierten IV f (siehe Seite 66) im Jahr 1907 gaben den entscheidenden Impuls auch in Bayern Maschinen mit der als »Pazifik« bekannten Achsfolge 2'C1' zu entwickeln. Noch 1907 beauftragte die Bayerische Staatsbahn die Firma Maffei mit der Entwicklung einer entsprechenden Lok. Das seitens der Staatsbahn geforderte Leistungsprogramm sah die Beförderung eines 400 t schweren

Baureihe 18^4 (Länderbahnlok, bayerische S 3/6)

Schnellzuges mit 95 km/h auf einer Steigung mit zwei Promille vor.
Die Maffei-Ingenieure arbeiten sehr schnell: Bereits zum Jahreswechsel 1907/08 waren die konstruktiven Arbeiten weitgehend abgeschlossen. Ein gutes halbes Jahr später, am 16. Juli 1908 übergab der Hersteller die erste S 3/6 an die Staatsbahn. Am 20. Juli 1908 folgte das zweite Exemplar, das auf der Ausstellung »München 1908« stolz der Öffentlichkeit vorgestellt wurde. Die Bayerische Staatsbahn absolvierte mit den Loks ein umfangreiches Versuchsprogramm, das die S 3/6 mit Bravour bestanden. Der großzügig ausgelegte Kessel und das sehr gute Verbund-Triebwerk machten die S 3/6 zu einer der besten Loks ihrer Zeit. Das geforderte Leistungsprogramm erfüllte sie spielend – sie erreichte bei 100 km/h auf einer Zwei-Promille-Steigung 420 t. Dank des sehr guten Laufwerks und der 1.870 mm großen Kuppelräder konnte die S 3/6 auch auf den Flachlandstrecken der Bayerischen Staatsbahn überzeugen, die bis 1911 drei weitere Baulose in Auftrag gab.
Ab Sommerfahrplan 1912 wollte die Staatsbahn auf den Strecken nach Nürnberg und Würzburg die Höchstgeschwindigkeit im Schnellzugdienst auf 115 km/h anheben. Dies wäre für die S 3/6 zwar kein Problem gewesen, doch man befürchtete durch die ständig hohen Drehzahlen einen überdurchschnittlich hohen Verschleiß. Aus diesem Grund erhielt Maffei den Auftrag, eine überarbeitete S 3/6 mit 2.000 mm großen Kuppelrädern zu liefern. 1912 und 1913 stellte die Bayerische Staatsbahn schließlich 18 dieser Loks in Dienst. Die Personale bezeichnete diese Maschinen aufgrund ihrer größeren Kuppelachsen auch als »Hochhaxige«.
Bereits zum Jahresende 1913 folgte das sechste Baulos der S 3/6, die nun wieder die kleineren Kuppelräder besaß. Die Maschinen des siebten Bauloses beschaffte die Bayerische Staatsbahn in erster Linie für den Einsatz auf der Strecken der von ihr betriebenen Pfalzbahn. Da dort meist nur 19-Meter-Drehscheiben vorhanden waren, musste Maffei den Achsstand dieses Bauloses um rund 150 mm kürzen.
Ebenfalls 1914 lieferte Maffei das achte Baulos, die jedoch mit den Loks der Jahre 1909 bis 1911 übereinstimmten, wie die zwischen 1915 und 1918 gelieferten 30 Exemplare der neunten Serie. Allerdings besaßen diese Loks inzwischen eine Achsfahrmasse von 17 t, was dem Einbau von Ballastgewichten zum Massenausgleich für die Verwendung der stählernen Feuerbüchse geschuldet war. Nach dem Ersten Weltkrieg musste die Bayerische Staatsbahn drei Maschinen an Belgien und 16 an Frankreich abgeben. Die anderen Loks reihte die Deutsche Reichsbahn-Gesellschaft (DRG) 1925 in ihren Fahrzeugpark ein. Erst die Deutsche Bundesbahn (DB) musterte die Maschinen schrittweise bis 1960 aus.

BR 18^5 (Länderbahnlok, bay. S 3/6, Nachbau DRG)

Technische Daten

Bauart		2'C1'h4v
Betriebsgattung		S 36.18
L. ü. Puffer (Tender bay 2'2' T 27,4)	mm	21.371[1]
Höchstgeschwindigkeit v/r	km/h	120/50
Zylinderdurchmesser (HD/ND)	mm	440/650
Kolbenhub	mm	610/670
Treib- und Kuppelraddurchmesser	mm	1.870
Laufraddurchmesser v/h	mm	950/1.206
Kesselüberdruck	kp/cm^2	16
Rostfläche	m^2	4,53
Verdampfungsheizfläche	m^2	197,41
Dienstmasse (2/3 Vorräte)	t	94,7[2]
Brennstoffvorrat	t	8,5[3]
Wasserkasteninhalt	m^3	27,4[4]
indizierte Leistung	PS_i	1.830
indizierte Zugkraft	Mp	9.680

Anmerkungen:

[1] 18 531 bis 18 548 mit Tender bay 2'2' T 31,7
[2] ohne Tender; 18 531 bis 18 548: 96,2 t
[3] 18 531 bis 18 548: 9 t
[4] 18 531 bis 18 548: 31,7 m^3

Die Abgaben an die Siegermächte des Ersten Weltkrieges rissen empfindliche Lücken in den Fahrzeugbestand der 1920 gegründeten Deutschen Reichsbahn. Um den permanenten Fahrzeugmangel zu beseitigen, beschloss die Reichsbahn zunächst den Nachbau bewährter Länderbahn-Konstruktionen, zu den zweifelsfrei die bayerische S 3/6 gehörte. Zunächst lieferte die Firma Maffei in den Jahren 1923 und 1924 insgesamt 30 Maschinen, die die Deutsche Reichsbahn-Gesellschaft (DRG) 1925 als 18 479–509 in ihren Bestand einreihte. Technisch entsprachen sie weitgehend den zuvor gelieferten Maschinen mit 1.870 mm großen Kuppelrädern. Allerdings verzichte Maffei auf das bisher typische Windschneiden-Führerhaus. Die Maschinen erhielten nun ein Führerhaus mit gerader Stirnwand und im oberen Bereich abgeschrägten Seitenwänden. Außerdem wurde die Überhitzerheizfläche erhöht.

In der zweiten Hälfte der 1920er-Jahre stand abermals ein Nachbau der S 3/6 auf der Tagesordnung. Da die DRG aufgrund der ihr auferlegten Reparationszahlungen nur in beschränktem Umfang investieren konnte, verzögerte sich der geplante Ausbau der Hauptstrecken auf eine Achsfahrmasse von 20 t. Deshalb benötigte die DRG für die Hauptstrecken mit leichterem Oberbau dringend eine leistungsfähige Schnellzuglok. Abermals bestellte die DRG eine leicht modifizierte S 3/6. Die in zwei Bauserien als 18 509–520 und 18 521–528 in den Jahren 1927 und 1928 gefertigten Maschinen besaßen eine vergrößerte Überhitzerheizfläche und einen auf 16 kp/cm² erhöhten Kesseldruck. Damit einher ging auch eine Vergrößerung des Durchmessers der Hochdruck-Zylinder von 425 auf 440 mm.

Aufgrund des großen Bedarfs an Schnellzugmaschinen mit 18 t Achsfahrmasse gab die DRG noch ein weiteres Baulos mit 20 Maschinen in Auftrag. Maffei konnte jedoch nur noch die 18 529 und 18 530 fertigstellen, da das Unternehmen während der Weltwirtschaftskrise Konkurs anmelden musste. Die Fertigung der verbliebenen 18 Exemplare übernahm die Firma Henschel, die die bestellten S 3/6 bis 1931 an die DRG lieferte. Dabei überarbeitete Henschel noch einmal die Konstruktion der Maschinen, die nun anstelle der Sechspunkt- eine Vierpunktabstützung besaßen, was zu einer deutlich besseren Gleislage führte.

Die S 3/6 gehörte zu den gelungensten deutschen Schnellzuglokomotiven, die durch ihr unverwechselbares Aussehen bestach. Viele bezeichnen die Gattung als eine der schönsten Dampflokomotiven überhaupt. Die Versuchsfahrten des Lokomotiv-Versuchsabteilung (LVA) Grunewald ergaben, dass die S 3/6 zwischen 60 und 100 km/h ihre größte Leistung mit sehr guten Verbrauchswerten entwickelte. Über 100 km/h jedoch sank die Leistung trotz steigender Verbrauchswerte stark ab. Geschuldet war dies bei den hohen Drehzahlen den Drosselverlusten in den dampfführenden Leitungen.

Erst nach dem Zweiten Weltkrieg konnte die Deutsche Bundesbahn (DB) auf die S 3/6 verzichten. Die nicht modernisierten Maschinen (siehe Seite 76) musterte die DB bis 1960 weitgehend aus. Lediglich der 18 505 blieb zunächst dieses Schicksal erspart, da sie als Bremslok zum Bestand des Bundesbahn-Zentralamtes (BZA) Minden gehörte. Sie blieb als Museumslok bis heute erhalten.

Baureihe 18^6 (Umbaulok DB)

Technische Daten

Bauart		2'C1'h4v
Betriebsgattung		S 36.18
L. ü. Puffer (Tender bay 2'2 T 31,7)	mm	22.862
Höchstgeschwindigkeit v/r	km/h	120/50
Zylinderdurchmesser (HD/ND)	mm	440/650
Kolbenhub	mm	610/670
Treib- und Kuppelraddurchmesser	mm	1.870
Laufraddurchmesser v/h	mm	950/1.206
Kesselüberdruck	kp/cm²	16
Rostfläche	m²	4,09
Verdampfungsheizfläche	m²	196,4[1]
Dienstmasse (2/3 Vorräte)	t	155,7
Brennstoffvorrat	t	9
Wasserkasteninhalt	m³	31,7
indizierte Leistung	PS_i	1.950
indizierte Zugkraft (0,8)	Mp	9,68

Anmerkung:
[1] ab 18 606: 194,77 m²

Der Deutschen Bundesbahn (DB) fehlten Anfang der 1950er-Jahre für den schweren Schnellzugdienst leistungsstarke Maschinen. In dieser Situation beschloss die Hauptverwaltung der DB, 30 der insgesamt 40 zwischen 1927 und 1931 in Dienst gestellten S 3/6-Nachbauten umfassend zu modernisieren.
Das Bundesbahn-Zentralamt (BZA) Minden entwickelte für die S 3/6 einen modernen Verbrennungskammer-Kessel, der mit einem Heißdampf-Ventilregler ausgerüstet war. Als erste Maschine wurde damit 18 521 ausgerüstet, die im Februar 1953 das Ausbesserungswerk (AW) München-Freimann als 18 601 verließ. Neben dem neuen Dampferzeuger hatte die Maschine neue Armaturen und eine neues Führerhaus erhalten. Bei den Versuchsfahrten erfüllte die Lok die Erwartungen vollauf. In der Ebene vermochte die 18 601 problemlos einen 515 t schweren Zug mit 100 km/h befördern. Sie erreichte dabei Spitzenleistungen von bis zu 2.300 PS_i. Der Gesamtwirkungsgrad schwankte zwischen neun und zehn Prozent. Damit gehörte die Baureihe 18^6 zu den besten Dampfloks der DB.
Das AW Ingolstadt übernahm ab 18 604 den Umbau der S 3/6. Beheimatet waren die Maschinen zunächst in den Bahnbetriebswerken Darmstadt, Hof, Lindau, Nürnberg und Regensburg. Allerdings war der 18^6 aufgrund eines eklatanten Konstruktionsfehlers nur ein recht kurzer Einsatz vergönnt. Durch den am Kessel angeschweißten Pumpenträger wurden die von der Doppelverbundluft- und der Speisepumpe erzeugten Schwingungen auf den Dampferzeuger übertragen. Dies führte zu Rissen im Kessel, die zu einer Reduzierung des Betriebsdruckes von 16 auf 12 kp/cm² zwangen. Durch sank deutlich die Leistung der Maschinen, die bereits ab 1961 schrittweise ausgemustert werden. 1965 endete schließlich der Planeinsatz der 18^6.

Baureihe T 18^{10} (Turbinenlok)

Technische Daten

Bauart		**2'C1'**
Betriebsgattung		**S 36.20**
L. ü. Puffer (Tender 2'2' T 19,5 K)	**mm**	**23.446**
Höchstgeschwindigkeit v/r	**km/h**	**110/50**
Zylinderdurchmesser	**mm**	**-**
Kolbenhub	**mm**	**-**
Treib- und Kuppelraddurchmesser	**mm**	**1.650**
Laufraddurchmesser v/h	**mm**	**1.000/1.250**
Kesselüberdruck	**kp/cm^2**	**15**
Rostfläche	**m^2**	**3,1**
Verdampfungsheizfläche	**m^2**	**155,0**
Dienstmasse (2/3 Vorräte)	**t**	**113,7[1]**
Brennstoffvorrat	**t**	**6,5**
Wasserkasteninhalt	**m^3**	**19,5**
indizierte Leistung	**PS_i**	**k.A.**
indizierte Zugkraft	**Mp**	**k.A.**

Anmerkung:
[1] ohne Tender

Anfang der 1920er-Jahre beschäftigten sich einige deutsche Lokomotiv-Hersteller mit der Dampfturbine. Gegenüber der herkömmlichen Kolbendampfmaschine besaß die Dampfturbine deutlich Vorteile, wie z. B. das gleichförmige Drehmoment, weniger Probleme mit dem Massenausgleich und geringere dynamische Belastungen für den Oberbau. Die Deutsche Reichsbahn-Gesellschaft (DRG) setzte versuchsweise zwei Turbinenloks ein. **T 18 1001:** In Anlehnung an die Turbinenlok 1801 der Schweizer Bundesbahnen (SBB) entwickelte 1923 die Firma Krupp die mit einer Zoelly-Turbine ausgerüstet T 18 1001. Die Dampfturbine saß zwischen Rauchkammer und Drehgestell. Die sechsstufige Vorwärtsturbine konnte Leistungen bis 2.000 PS_e entwickeln, mit Zusatzdüse sogar 2.800 PS_e. Für die Rückwärtsfahrt war die Lok mit einem dreistufigen Läufer ausgerüstet. Bei den Messfahrten der Lokomotiv-Versuchsabteilung (LVA) Grunewald bestach die Lok durch ihre sehr guten Verbrauchswerte. Anschließend setzte das Bw Hamm die Maschine im schweren Schnellzugduenst ein. Ein Bombentreffer beendete 1940 die Geschichte der T 18 1001.

T 18 1002: Die DRG beauftragte 1924 die Firma Maffei mit der Entwicklung einer zweiten Turbinenlok. Zunächst war eine Hochdruck-Kolbendampflok mit einer nachgeschalteten Niederdruckturbine vorgesehen. Allerdings lieferte Maffei 1926 schließlich eine Turbinenlok, bei der das Antriebsaggregat ebenfalls über dem vorderen Drehgestell saß. Bei den Versuchen der LVA Grunewald, war die T 18 1002 der Krupp-Zoelly-Lok aufgrund ihres höheren Verbrauchs unterlegen. Dennoch stellt die DRG die Maffei-Maschine 1929 in Dienst und setzte sie vom Bw München Hbf aus im Schnellzugdienst ein. Bei einem Bombenangriff wurde sie schwer beschädigt und 1943 ausgemustert.

Baureihe 19^0 (Länderbahnlok, sächsische XX HV)

Technische Daten		
Bauart		1'D1'h4v
Betriebsgattung		S 46.17
L. ü. Puffer (Tender sä 2'2 T 31)	mm	22.632
Höchstgeschwindigkeit v/r	km/h	120/50
Zylinderdurchmesser (HD/ND)	mm	480/720
Kolbenhub	mm	630
Treib- und Kuppelraddurchmesser	mm	1.905
Laufraddurchmesser v/h	mm	1.065/1.250
Kesselüberdruck	kp/cm²	15
Rostfläche	m²	4,5
Verdampfungsheizfläche	m²	227,05
Dienstmasse (2/3 Vorräte)	t	162,7
Brennstoffvorrat	t	7
Wasserkasteninhalt	m³	31
indizierte Leistung	PS_i	1.800
indizierte Zugkraft	Mp	k. A.

Zu den imposantesten deutschen Dampflokomotiven gehörten die Maschinen der Baureihe 19^0. Noch während die Arbeiten an der Gattung XVIII H (siehe Seite 64) liefen, regte der Leiter der Konstruktionsabteilung der Königlich Sächsischen Staatseisenbahnen (K.Sächs.Sts.E.) den Bau einer 1'D1'h4v-Schnellzuglok für den Einsatz auf der steigungs- und krümmungsreichen Strecke Dresden–Chemnitz–Reichenbach–Hof an. Bereits 1917 erhielt die Sächsische Maschinenfabrik, (SMF), vormals Richard Hartmann, den Auftrag zum Bau von fünf Baumustern der als Gattung XX HV vorgesehenen Type. Am 8. März 1918 übergab die SMF die erste XX HV den K.Sächs.Sts.E.

Die 1'D1'h4v-Maschinen sorgten damals in der Fachwelt für Aufsehen, waren sie doch bei ihrer Indienststellung die größten Schnellzug-Dampfloks Europas. Entsprechend hoch waren auch die Erwartungen. Das seitens der K.Sächs.Sts.E. geforderte Leistungsprogramm erfüllte die XX HV spielend: Auf einer Steigung von 10 Promille vermochte die Lok anstandslos einen 495 t schweren Schnellzug zu befördern. Auf der Relation Dresden–Hof war sie die ideale Zuglok, von der die SMF bis 1923 insgesamt 23 Exemplare auslieferte. Schon bald wurden die ab 1925 von der Deutschen Reichsbahn-Gesellschaft (DRG) als Baureihe 19^0 bezeichneten Loks als »Sachsenstolz« bezeichnet.

Doch bei den Versuchsfahrten der DRG in den Bahnbetriebswerken Stuttgart-Rosenstein und Frankfurt (Main), wo sie sie in gemeinsamen Umläufen mit der preußischen P 10 (siehe Seite 120) beweisen musste, zeigten sich ihre Grenzen. Auf den Steigungsstrecken war die P 10 aufgrund ihrer höheren Reibungsmasse der Sächsin überlegen. Im Flachland verbrauchte die P 10 ebenfalls weniger Wasser und Kohle.

Recht schnell offenbarte sich die schlechte Abstimmung zwischen Kessel und Triebwerk als Grundmangel der XX HV. Auf der Strecke Dresden–Hof, wo sich Berg- und Talfahrten abwechselten, fiel das nicht so sehr ins Gewicht. Auf der Strecke Dresden–Berlin hingegen hatten die Personale oft Mühe, den Dampfdruck zu halten und der Kohleverbrauch nahm deutlich zu. Trotzdem konnten die Bahnbetriebswerke Dresden-Altstadt und Reichenbach über viele Jahre hinweg nicht auf den »Sachsenstolz« verzichten. Vor schweren Schnellzügen fuhren die Loks unter anderem von Leipzig bis Regensburg. Von Dresden aus liefen sie Bayreuth und Nürnberg an. Während des Zweiten Weltkrieges jedoch wurde die Wartung auf ein Minimum zurückgefahren, so dass nach Kriegsende nur noch wenige Maschinen betriebsfähig waren. Aufgrund irreparabler Schäden mussten zwischen 1946 und 1951 insgesamt neun Maschinen ausgemustert werden. Die anderen Loks arbeitete das Reichsbahnausbesserungswerk (Raw) Zwickau wieder auf, wobei einige Loks mit neuen Radsternen, Zylindern und Kropfachswellen ausgerüstet wurden. Ab 1959 trennte sich jedoch die Deutsche Reichsbahn schrittweise von den Loks. Ab 1966 gehörten nur noch die von der Versuchs- und Entwicklungsstelle der Maschinenwirtschaft (VES-M) Halle als Bremsloks genutzten 19 1012, 19 015 und 19 017 zum Betriebspark. Als letzte von ihnen wurde 1971 die 19 017 ausgemustert, die aber als Museumsfahrzeug erhalten blieb.

Baureihe 19^0 (Rekolok DR)

Technische Daten

Bauart		1'D1'h4v
Betriebsgattung		S 46.18
Länge ü. Puffer (Tender 2'3 T 38)	mm	24.210[1]
Höchstgeschwindigkeit v/r	km/h	120/50
Zylinderdurchmesser (HD/ND)	mm	480/720
Kolbenhub	mm	630
Treib- und Kuppelraddurchmesser	mm	1.905
Laufraddurchmesser v/h	mm	1.000/1.250
Kesselüberdruck	kp/cm^2	16
Rostfläche	m^2	4,23
Verdampfungsheizfläche	m^2	206,3
Dienstmasse (2/3 Vorräte)	t	172,35
Brennstoffvorrat	t	10
Wasserkasteninhalt	m^3	38
indizierte Leistung	PS_i	ca. 2.000
indizierte Zugkraft	Mp	k. A.

Anmerkung:
[1] 19 022 mit Tender 2'2' T 34 (24.035 mm)

Als in der zweiten Hälfte der 1950er-Jahre die Deutsche Reichsbahn (DR) in der DDR daran ging, ihren Dampflokpark durch das groß angelegte Rekonstruktions-Programm zu verjüngen, stand auch die umfassende Modernisierung der Baureihe 19^0 zur Debatte. Allerdings verwarf die zuständige Hauptverwaltung der Maschinenwirtschaft (HvM) diesen Vorschlag für die noch im Plandienst eingesetzten Maschinen aus Kostengründen. Allerdings war das Thema damit noch lange nicht vom Tisch, denn die Versuchs- und Entwicklungsstelle der Maschinenwirtschaft (VES-M) Halle hielt noch drei 19er als Bremsloks vor. Die vier Kuppelachsen und das Vierylinderverbund-Triebwerk prädestinierten die Maschinen dazu. Die VES-M konnte mangels geeigneter Dieselloks auf absehbare Zeit noch nicht auf die drei 19er verzichten, so dass deren Leiter Max Baumberg 1961 das Thema noch einmal aufs Tapet brachte. Baumberg betonte, dass Barrenrahmen, Lauf- und Fahrwerk sehr gut erhalten seien, und deshalb eine Rekonstruktion der Loks sinnvoll sei. Allerdings zeichnete sich bereits bei den ersten Entwürfen ab, dass von der alten XX HV nicht mehr viel übrig bleiben würde. Den ursprünglichen Plan, die 19er in 2'D 1'-Maschinen umzubauen, verwarf die Konstruktionsabteilung der VES-M allerdings wieder. Das Reichsbahnausbesserungswerk (Raw) Raw Meiningen rüstete schließlich 19 015 (1964) und 19 022 (1965) mit einem modifizierten Verbrennungskammer-Kessel, neuen Zylindern, einer geänderten Steuerung, neuen Führerhäusern, kleinen Windleitblechen und Einheits-Tendern aus. Die kegelige Rauchkammertür und die Domverkleidung gaben den Loks ein unverwechselbares Aussehen. 1967 rüstete das Raw Meiningen beide Loks mit einer Ölhauptfeuerung aus. Neun Jahre später hatten die beiden Bremsloks ausgedient.

Baureihe 19^{10} (Versuchslok Einzelachsantrieb)

Technische Daten

Bauart		1'Do1'h8
Betriebsgattung		S 46.18
L. ü. Puffer (Tender 2'3 T 37 St)	mm	23.775
Höchstgeschwindigkeit v/r	km/h	175/50
Zylinderdurchmesser	mm	300
Kolbenhub	mm	300
Treib- und Kuppelraddurchmesser	mm	1.250
Laufraddurchmesser v/h	mm	1.100/1.250
Kesselüberdruck	kp/cm²	16
Rostfläche	m²	4,55
Verdampfungsheizfläche	m²	239,67
Dienstmasse (2/3 Vorräte)	t	109,3[1]
Brennstoffvorrat	t	12,5
Wasserkasteninhalt	m³	38
indizierte Leistung	PS_i	1.700
indizierte Zugkraft	Mp	17,28

Anmerkung:
[1] ohne Tender

Einen radikalen Bruch mit der konventionellen Dampflok-Technik stellte die von der Firma Henschel 1941 gelieferte 19 1001 dar. Die Maschinen der Baureihe 05 (siehe Seite 33) hatten die Grenzen der traditionellen Kolbendampflok gezeigt. Höhere Geschwindigkeiten erforderten nun einen völlig neuen Antrieb. Diesen präsentierte Henschel in Form von Dampfmotoren an der 19 1001. Jeder der vier angetriebenen Radsätze besaß einen eigenen V-förmigen Dampfmotor. Die Motoren der ersten und dritten Achse saßen links, die der zweiten und vierten Achse rechts. Die Motoren waren außerhalb der Radebene angeordnet und waren Bestandteil des abgefederten Maschinenteils. Gelenkkupplungen glichen die Relativbewegungen zwischen der Kurbelwelle des Motors und der Achswelle aus. Trotz der nur 1.250 mm großen Triebräder war die 19 1001 für eine Höchstgeschwindigkeit von 175 km/h ausgelegt. Der für 20 kp/cm² zugelassenen Kessel hingegen baute auf dem Dampferzeuger der Baureihe 44 auf und war mit einem Oberflächenvorwärmer der Bauart Knorr ausgerüstet.

Die ersten Versuchsfahrten der stromlinienverkleideten Lok verliefen ernüchternd. Schuld daran waren zu fest sitzende Kolbenringe. Nach deren Überarbeitung sanken die Verbrauchswerte der 19 1001 deutlich. Die Lok bestach durch ihre außergewöhnliche Laufruhe. Allerdings mussten die Versuchsfahrten 1943 abgebrochen werden und die Lok wurde dem Bw Hamburg-Altona zugeteilt. Vor Schnellzügen auf den Strecken nach Berlin und Osnabrück bewährte sich die Lok sehr gut. Ein Bombentreffer beendet im August 1944 den Einsatz der 19 1001, die nach einer Instandsetzung bei Henschel am 18. Oktober 1945 von der US-Armee beschlagnahmt und nach Fort Eustice in Virginia verbracht wurde. Dort wurde sie schließlich 1952 verschrottet.

18 511

Baureihe 22 (Rekolok DR)

Technische Daten

Bauart		1'D1'h3
Betriebsgattung		P 46.18
Länge ü. Puffer (Tender 2'2' T 34)	mm	23.700
Höchstgeschwindigkeit v/r	km/h	110/50
Zylinderdurchmesser	mm	520
Kolbenhub	mm	660
Treib- und Kuppelraddurchmesser	mm	1.750
Laufraddurchmesser v/h	mm	1.000/1.100
Kesselüberdruck	kp/cm^2	16
Rostfläche	m^2	4,23
Verdampfungsheizfläche	m^2	206,3
Dienstmasse (2/3 Vorräte)	t	165,5
Brennstoffvorrat	t	10
Wasserkasteninhalt	m^3	34
indizierte Leistung	PS_i	1.690
indizierte Zugkraft (0,8)	Mp	17,5

Für den schweren Reisezugdienst auf den krümmungs- und steigungsreichen Strecken in Sachsen und Thüringen nutzte die Deutsche Reichsbahn (DR) in der DDR Anfang der 1950er-Jahre hauptsächlich die Maschinen der Baureihe 39^0 (ex preußische P 10). Allerdings war der Einsatz der ehemaligen P 10 nicht ganz problemlos, denn Triebwerks- und Kesselleistung waren nicht besonders gut aufeinander abgestimmt. Zudem war die Feuerführung bei den Maschinen durch den trapezförmigen Rost recht anspruchsvoll. Außerdem stand der DR seit 1945 für Lokomotiv-Feuerung nur noch Rohbraunkohle oder Briketts zur Verfügung, was sich in einer spürbaren Leistungsminderung niederschlug. Ab Mitte der 1950er-Jahre verschlechterte sich der Unterhaltungszustand der P 10 dramatisch. Da die DR aber auf absehbarer Zeit noch nicht auf die Loks verzichten konnte, nahm sie die Baureihe 39^0 in ihr Rekonstruktions-Programm auf. Ziel der Modernisierung war es, die konstruktiven Mängel zu beseitigen und die Leistung zu erhöhen. Die DR ließ für die P 10 deshalb einen modernen Verbrennungskammer-Kessel entwickeln, der für die Verfeuerung von Braunkohle ausgelegt war. Der als Typ 39E bezeichnete Dampferzeuger wurde auch für die Rekonstruktion der Baureihen 03^{10} (siehe Seite 30) und 41 verwendet.

Die Modernisierung der Baureihe 39^0 oblag dem Reichsbahnausbesserungswerk (Raw) Meiningen, das 1958 die erste Maschine ablieferte. Die Reko-P 10 unterschied sich nicht nur optisch von der Ursprungstype. Neben dem Reko-Kessel mit der Mischvorwärmer-Anlage hatte das Raw Meiningen die Maschinen mit neuen geschweißten Zylindern, einem Einheits-Führerhaus, Druckausgleich-Kolbenschiebern der Bauart Trofimoff und einer neuen Kropfachswelle ausgerüstet. Außerdem wurden die alten Tender durch solche der Einheitsbauart ausgetauscht. Die kleinen Windleitbleche und die ab 22 003 verwendete steile Frontschürze mit den festangebauten Spitzenlichtern gaben der Reko-P 10 ein völlig neues Aussehen, das dem der Einheits- und Neubau-Dampfloks glich. Die Umzeichnung der Rekoloks in die neue Baureihe 22 war deshalb nur folgerichtig.

Bei den Messfahrten der Lokomotiv-Versuchsanstalt (LVA) Halle stellte die 22 001 ihre Qualitäten eindrucksvoll unter Beweis. Trotz einer Mehrleistung von bis zu 365 PS_e verbrauchte die Rekolok bis zu 18 % weniger Dampf. Mit einem Gesamtwirkungsgrad von 7,65 % bei reiner Brikettfeuerung war die Baureihe 22 der alten P 10 um Längen überlegen.

Das Raw Meiningen modernisierte bis 1962 insgesamt 85 P 10, die in den Reichsbahndirektionen Dresden und Erfurt konzentriert wurden. Doch die Hochzeit der 22er währte indes nur kurz. Mit der Elektrifizierung der Strecken Dresden–Reichenbach und Werdau–Leipzig verlor die Reko-P 10 bereits 1966 ihre wichtigsten Einsatzgebiete. Zudem hatte das Triebwerk die deutlich höheren Zuglasten, die der sehr verdampfungsfreudige Kessel ermöglichte, mit einem größeren Unterhaltungsaufwand quittiert. So stellte die DR bereits 1966 die ersten 22er ab. Auch die Suche nach neuen Einsatzmöglichkeiten blieb mehr oder minder erfolglos, denn weder im Bw Oebisfelde noch im Bw Halberstadt hatte man für die Maschinen ein sinnvolle Verwendung. Nachdem die DR 1968 entschieden hatte, die noch sehr gut erhaltenen Kessel der 22er für die nachträgliche Rekonstruktion der Baureihe 03 (siehe Seite 24) zu nutzen, war die endgültige Ausmusterung der Baureihe 22 nur noch eine Frage der Zeit. Die Umzeichnung zur Baureihe 39 im Zuge der Einführung der EDV-gerechten Betriebsnummern erlebten 1970 nur noch wenige Reko-P 10 in Halberstadt und Saalfeld, wo 1971 die letzte Lok abgestellt wurde. Neun Maschinen nutzte die DR teilweise bis Anfang der 1990er-Jahre als Dampfspender.

Baureihe 23 (Einheitslok, Rekolok DR)

Technische Daten

		23(alt)	23(Reko)
Bauart		1'C1'h2	1'C1'h2
Betriebsgattung		P 35.18	P 35.18
Länge ü. Puffer (Tender 2'2'T 26)	mm	22.940	22.940
Höchstgeschwindigkeit v/r	km/h	110/50	110/50
Zylinderdurchmesser	mm	550	550
Kolbenhub	mm	660	660
Treib- und Kuppelraddurchmesser	mm	1.750	1.750
Laufraddurchmesser v/h	mm	1.000/1.250	1.000/1.250
Kesselüberdruck	kp/cm^2	16	16
Rostfläche	m^2	3,89	3,71
Verdampfungsheizfläche	m^2	177,83	172,3
Dienstmasse (2/3 Vorräte)	t	136,6	137,5
Brennstoffvorrat	t	8	8
Wasserkasteninhalt	m^3	26	26
indizierte Leistung	PS_i	1.500	ca. 1.650
indizierte Zugkraft	Mp	14,6	14,6

Bereits in ihrem ersten Typenplan für die neuen Einheitslokomotiven plante die Deutsche Reichsbahn-Gesellschaft (DRG) die Beschaffung von modernen Personenzug-Dampflokomotiven. Neben einer 2'C-Lok war auch der Bau einer schweren 1'D1'-Maschine geplant. Beide Loks sollten eine Achsfahrmasse von 20 t besitzen. Doch der schleppende Ausbau der Hauptstrecken sowie die zahlreich vorhandenen Maschinen der Baureihen 38^{10-40} (ex preußische P 8) und 39^0 machten die Beschaffung einer neuen Reisezuglok zunächst überflüssig.

Erst Mitte der 1930er-Jahre sah die Hauptverwaltung der DRG Bedarf an einer neuen Personenzuglok als Ersatz für die P 8, mit deren Entwicklung am 17. Juli 1936 das Reichsbahn-Zentralamt (RZA) beauftragt wurde. Die Hauptverwaltung forderte eine mindestens 100 km/h schnelle Lok, die in der Ebene einen 500 t schweren Zug befördern sollte. Die Achsfahrmasse sollte dabei 17,5 t nicht überschreiten. Das RZA beauftragte nun die Berliner Maschinenbau AG (BMAG) und Borsig mit den notwendigen konstruktiven Vorarbeiten. Bereits im Vorfeld dieser Entwicklung gab es im Lokausschuss und im RZA heftige Diskussionen um die vom Bauart-Dezernenten Richard Paul Wagner maßgeblich geprägten Baugrundsätzen, hatte sich doch in der Zwischenzeit gezeigt, dass die Langrohrkessel mit ihrer spezifischen Heizflächenbelastung von 57 kg/m^2h nur wenig überlastbar waren. Die Kessel der P 8 hingegen konnten aufgrund

Baureihe 23 (Einheitslok, Rekolok DR)

seiner besseren Abstimmung zwischen Strahlungs- und Rohrheizfläche mühelos Heizflächenbelastungen von bis zu 85 kg/m²h aushalten. Friedrich Witte forderte deshalb für die neue Personenzuglok einen Verbrennungskammer-Kessel.

Doch mit dieser Forderung konnte sich Witte nicht durchsetzen. Der Lokausschuss empfahl schließlich nach langen und teilweise sehr kontrovers geführten Diskussionen die Verwendung des für die Baureihe 50 geplanten Dampferzeugers. Außerdem sollte die 1'C 1'h2-Maschine für 110 km/h ausgelegt und mit dem neuen Einheitstender der Bauart 2'2' T 26 gekuppelt werden. Die endgültige Ausarbeitung der Unterlagen für die Baureihe 23 übernahm schließlich Schichau, wo 1941 auch die beiden Baumuster gefertigt wurden.

Die Maschinen bestachen durch ein sehr gutes Beschleunigungsvermögen, eine hohe Zugkraft und ausgezeichnete Laufeigenschaften. Doch an eine Serienlieferung war aufgrund des Zweiten Weltkrieges nicht zu denken, da die Reichsbahn ihre Bestellung von ursprünglich 800 Maschinen 1940 zu Gunsten der Baureihe 50 storniert hatte.

Nach dem Krieg verblieben die beiden Maschinen bei der Deutschen Reichsbahn (DR) in der DDR. Nach Einsätzen in verschiedenen Berliner Bahnbetriebswerken und in Jüterbog gehörten beide Loks ab 1954 zur Lokomotiv-Versuchsanstalt (LVA) Halle, wo sie als Bremsloks und Versuchsträger dienten. Dazu wurden beide mit einer Gegendruckbremse der Bauart Riggenbach ausgerüstet. Zeitweise kamen sie auch in Umläufen des Bw Halle P zum Einsatz.

Anfang der 1960er-Jahre versuchte der Leiter der LVA, Max Baumberg, beide Loks im Zuge des Rekonstruktions-Programmes zu erneuern, da die aus dem nicht alterungsbeständigen Stahl St 47 K gefertigten Dampferzeuger ersetzt werden mussten. Das für die Unterhaltung der beiden Maschinen zuständige Reichsbahnausbesserungswerk (Raw) Cottbus rüstete 1961 aber lediglich die 23 001 mit einem Verbrennungskammer-Kessel des Typs 50E aus. Der Dampfdom und die beiden Sandkästen erhielten eine gemeinsame Verkleidung. Die Rekonstruktion der 23 002 lehnte das Raw Cottbus aufgrund von Rissen im Rahmen und in den Radsternen ab. Nachdem die Lok jahrelang abgestellt war, wurde sie erst 1967 ausgemustert.

Die 23 001 stand zu diesem Zeitpunkt noch immer in Diensten der Versuchsanstalt in Halle. Mit der Einführung der EDV-gerechten Betriebsnummern wurde aus ihr die 35 2001. Vier Jahre später hatte die DR jedoch keine Verwendung mehr für die Maschine, die 1975 im Raw Cottbus verschrottet wurde.

Baureihe 23 (Neubaulok DB)

Technische Daten		
Bauart		1'C1'h2
Betriebsgattung		P 35.18
Länge ü. Puffer (Tender 2'2' T 31)	mm	21.325
Höchstgeschwindigkeit v/r	km/h	110/85
Zylinderdurchmesser	mm	550
Kolbenhub	mm	660
Treib- und Kuppelraddurchmesser	mm	1.750
Laufraddurchmesser v/h	mm	1.000/1.250
Kesselüberdruck	kp/cm²	16
Rostfläche	m²	3,11
Verdampfungsheizfläche	m²	156,28
Dienstmasse (2/3 Vorräte)	t	147,8
Brennstoffvorrat	t	8
Wasserkasteninhalt	m³	31
indizierte Leistung	PS_i	1.785
indizierte Zugkraft (0,8)	Mp	14,6

Nur wenige Jahre nach dem Zweiten Weltkrieg beschäftigte sich die Deutsche Reichsbahn in den westlichen Besatzungszonen mit der Beschaffung moderner Dampflokomotiven. Die ersten Vorschläge für das neue Typenprogramm legte der zuständige Bauart-Dezernent Friedrich Witte bereits im Frühjahr 1948 vor. Auf der Prioritätenliste ganz oben stand dabei die Beschaffung einer leistungsfähigen Personenzuglok als Ersatz für die inzwischen rund 40 Jahre alte P 8. In den wichtigsten technischen Parametern sollte die neue Type mit denen der DRG-23er übereinstimmen. Ein Nachbau der alten Baureihe 23 kam für Witte jedoch nicht in Frage, der inzwischen seine so genannten »Neuen Baugrundsätze« definiert hatte. Deren Kernpunkte waren die Anwendung der Schweißtechnik, die Verwendung von Blechrahmen, Rollenlager für Stangen und Achsen, der Einbau von Heißdampfreglern sowie die Verwendung eines Kessel mit einer hohen Heizflächenbelastung, was mit einer Verbrennungskammer erreicht wurde. Witte favorisierte eine 110 km/h schnelle 1'C1'h2-Maschine. Bereits im Frühjahr 1949 lagen die ersten Vorschläge vor. Die gerade gegründete Deutsche Bundesbahn (DB) entschied sich schließlich für den Entwurf der Firma Henschel, die Ende 1950 auch die ersten Lokomotiven lieferte.

Charakteristisch für die Baureihe 23 der DB war die gedrungene Bauweise. Der relativ kurze, geschweißte Verbrennungskammer-Kessel, das geschlossene Führerhaus, der geschweißte Blechrahmen und das Trittblech unter der Rauchkammer mit den weit nach außen versetzten Stirnlaternen gaben der Lok ein markantes Aussehen. Ein Novum im Lokomotivbau war auch die selbsttragende Konstruktion des Tenders. Durch Bolzen in den Ausgleichhebeln konnte die Achsfahrmasse der Kuppelachsen wahlweise

auf 17 oder 19 t eingestellt werden. Die einzelnen Baulose unterschieden sich durch die Ausrüstung mit unterschiedlichen Vorwärmern. Während 23 001–023 sowie 23 026 und 23 052 mit Oberflächenvorwärmern der Bauart Knorr ausgerüstet waren, besaßen 23 024 und 24 025 Henschel-Mischvorwärmer vom Typ MVC. Mit Heinl-Mischvorwärmern hingegen waren 23 053–092 ausgerüstet. 23 093–105 schließlich wurden mit Mischvorwärmer-Anlagen der Bauart MV 57 ausgerüstet.
In Sachen Zugkraft und Leistung konnten die 23er überzeugen. Bei Messfahrten mit der 23 015 ermittelte das Bundesbahn-Zentralamt (BZA) Minden eine effektive Leistung von 1.480 PS_e. Mit der Indienststellung der 23 105 am 4. Dezember 1959 beendete die DB die Beschaffung neuer Dampflokomotiven. Zwar schätzten die Personale die 23 als eine leistungsstarke Maschine, die Dank ihres verdampfungsfreudigen Kessels und ihres sehr guten Beschleunigungsvermögens sogar die Baureihe 03 in einigen Bereichen ersetzen konnte, doch die Probleme mit den Heißdampfreglern und einigen Mischvorwärmern brachten die Maschinen in Misskredit. Zu den Hochburgen der 23er gehörten die Bahnbetriebswerke Hagen, Kaiserslautern, Kempten, Rheine und Saarbrücken. Bereits Anfang der 1970er-Jahre begann DB mit der Ausmusterung der modernen Maschinen. Innerhalb weniger Monate schrumpfte der Bestand auf eine Handvoll Loks zusammen. Im Jahr 1975 setzte das Bw Crailsheim die letzten 23er im Personen- und Güterzugdienst ein. Bis zum Jahresende wurden auch sie ausgemustert. Die P 8, die sie einst ablösen sollten, hatten die 23er damit nur um ein Jahr überlebt.

Baureihe 23^{10} (Neubaulok DR)

Technische Daten		
Bauart		1'C1'h2
Betriebsgattung		P 35.18
Länge ü. Puffer (Tender 2'2' T 28)	mm	22.600
Höchstgeschwindigkeit v/r	km/h	110/50
Zylinderdurchmesser	mm	550
Kolbenhub	mm	660
Treib- und Kuppelraddurchmesser	mm	1.750
Laufraddurchmesser v/h	mm	1.000/1.250
Kesselüberdruck	kp/cm^2	16
Rostfläche	m^2	3,71
Verdampfungsheizfläche	m^2	159,6
Dienstmasse (2/3 Vorräte)	t	138,0
Brennstoffvorrat	t	10
Wasserkasteninhalt	m^3	28
indizierte Leistung	PS_i	1.600
indizierte Zugkraft (0,8)	Mp	14,6

Wie die Bundesbahn so benötigte auch die Deutsche Reichsbahn (DR) in der DDR nach dem Zweiten Weltkrieg dringend eine moderne Personenzuglokomotive, die vor allem die inzwischen recht betagte ehemalige P 8 (Baureihe 38^{10-40}) ersetzen sollte. Zunächst wollte die DR eine Universal-Maschine beschaffen, die sowohl im Hügelland als auch im Flachland Personen- und Güterzüge bespannen sollte. Allerdings verwarf die DR dieses Konzept wieder und in dem 1952 aufgestellten Neubaulok-Programm war schließlich eine 1'C1'h2-Maschine vorgesehen. Die Entwicklung der als Baureihe 23^{10} vorgesehenen Loks begann 1953. Wie die DB übernahm auch die DR für ihre Ersatz-P 8 wichtige technische Daten von der DRG-23er. Weiterhin hatte die DR ebenfalls so genannte neue Baugrundsätze formuliert, die sich in mehreren Punkten – Anwendung der Schweißtechnik, Blechrahmen und Verbrennungskammer-Kessel – mit denen der DB deckten. Allerdings mussten die Neubauloks der DR der veränderten Brennstoffsituation angepasst werden. Die Kessel waren für die Verfeuerung von Braunkohle ausgelegt.

Unter der Federführung des Instituts für Schienenfahrzeugtechnik (IfS) nahm die 23^{10} ab 1953 langsam Gestalt an. Der LKM Babelsberg lieferte schließlich im Frühjahr 1957 die beiden Baumuster aus. Die Versuchsfahrten verliefen ganz im Sinne der DR. Die Neubau-Lok erreichte eine 45 bis 60 % höhere Zugkraft als die P 8. Die Zughakenleistung der DRG-23 wurde noch um 17 % übertroffen. Dabei erwies sich der Kessel der Baureihe 23^{10} als sehr gut. Bei einer Heizflächenbelastung von bis zu 70 kg/m^2h wurden bis zu 11 t Dampf je Stunde erzeugt. Damit reichte die 23^{10} bis in den Leistungsbereich der Baureihe 03 hinein.

Die Serienfertigung der 23^{10} begann ohne gravierende Änderungen. Im Unterschied zu den Prototypen besaßen die Serienloks nun keinen Speisedom mehr. Der klobige Mischkasten wurde durch den kleineren, oben abgeschrägten ersetzt. Der Mischkasten, die kleinen Windleitbleche, die steile Frontschürze mit den festangebauten Stirnlaternen und der Neubau-Tender der Bauart 2'2' T 28 gaben der 23^{10} ein charakteristisches Aussehen. Zahlreiche Baugruppen, wie Führerhaus, Kessel und Tender, wurden auf Anweisung des Verkehrsministeriums für die Entwicklung der Güterzugloks der Baureihe 50^{40} übernommen.

Die DR stellte bis 1959 insgesamt 113 Maschinen von der Baureihe 23^{10} in Dienst. Zu den Hochburgen der Maschinen, die die Lokführer ob ihrer Laufruhe, der Zugkraft und des verdampfungsfreudigen Kessel sehr schätzten, gehörten die Bahnbetriebswerke Berlin Ostbahnhof, Cottbus, Dresden, Halle P, Neubrandenburg, Nossen und Schwerin. Meist kamen die Loks vor Schnell- und Eilzügen zum Einsatz. Aber auch vor Eilgüterzügen und Personenzüge waren sie zu sehen. Mit der Indienststellung der Dieselloks der Baureihe V 180 (ab 1992: 228) verlor die Baureihe 23^{10} ab Ende der 1960er-Jahre zahlreiche Leistungen. Ab 1975 rollten die Dampfloks, die seit 1970 als Baureihe 35^{10} im Einsatz waren, in Scharen auf die Abstellgleise. Im Mai 1977 stellte das Bw Nossen die letzte die 35^{10} ab. Die Energiekrise in der DDR zwang das Bw Nossen jedoch dazu, 1982 die Museumslok 35 1113 zu reaktivieren. Bis 1985 brachte sie noch einmal Eil- und Personenzüge nach Riesa und Dessau.

Baureihe 24 (Einheitslok)

Technische Daten

Bauart		1'C h2
Betriebsgattung		P 34.15
Länge ü. Puffer (Tender 3 T 16)	mm	16.995
Höchstgeschwindigkeit v/r	km/h	90/50
Zylinderdurchmesser	mm	500
Kolbenhub	mm	660
Treib- und Kuppelraddurchmesser	mm	1.500
Laufraddurchmesser v	mm	850
Kesselüberdruck	kp/cm²	14
Rostfläche	m²	2,04
Verdampfungsheizfläche	m²	104,4
Dienstmasse (2/3 Vorräte)	t	93,7
Brennstoffvorrat	t	6
Wasserkasteninhalt	m³	16
indizierte Leistung	PS_i	920
indizierte Zugkraft (0,8)	Mp	12,32

Für die Deutsche Reichsbahn-Gesellschaft hatte in der ersten Hälfte der 1920er-Jahre zunächst die Beschaffung neuer Schnellzugloks oberste Priorität. Allerdings gewann recht schnell die Rationalisierung des Nebenbahnbetriebes immer mehr an Bedeutung. Dafür gab es im Wesentlichen zwei Gründe: Erstens war die Typenvielfalt der hier eingesetzten Maschinen viel zu groß, was eine rationelle und kostengünstige Unterhaltung schier unmöglich machte. Zweitens musste sich die DRG immer mehr der Konkurrenz durch den sich langsam entwickelnden Kraftverkehr erwehren. Bereits auf der 4. Sitzung des Lokausschusses 1922 wurde die Beschaffung von Einheitslokomotiven für den Nebenbahndienst erörtert und die Entwicklung einer 1'Ch2-Schlepptenderlok sowie je einer 1'C1'h2- und einer 1'D1'h2-Tenderlok beschlossen. Alle drei Typen sollte eine Achsfahrmasse von maximal 15 t haben und in zahlreichen Bauteilen übereinstimmen. Die Schlepptenderlok und die 1'C1'h2-Maschinen der Baureihe 64 waren ein Musterbeispiel der Typisierung – der Kessel, die Zylinder, das Triebwerk und das vordere Bissel-Gestell waren identisch. Aus Gründen der Masseverteilung musste jedoch der Kessel der Baureihe 24 weiter nach vorn verschoben werden, wodurch Zylinder- und Schornsteinmitte nicht mehr in einer Ebene lagen. Strittig war noch, auf welche Kuppelachse die Treibstange wirken sollte. Um das so genannte Peitschen zu verhindern, wurde schließlich der Antrieb der zweiten Kuppelachse beschlossen.

Schichau lieferte bereits 1928 die ersten zehn Maschinen der Baureihe 24, der bis zum Jahresende weitere sieben Loks folgten. Bis Ende 1929 besaß die DRG schließlich 63 Maschinen, die in den Reichsbahndirektionen Königsberg, Münster, Regensburg, Schwerin, Stettin und Stuttgart stationiert

waren. Hier waren sie meist auf langen Nebenstrecken im Einsatz. Dabei konnten sie bei der zulässigen Höchstgeschwindigkeit von 90 km/h in der Ebene einen 380 t schweren Zug befördern. Die Lokführer und Heizer schätzten die Laufruhe sowie den geringen Wasser- und Kohlenverbrauch, was den Maschinen den Spitznamen »Steppenpferd« einbrachte. Zum Jahreswechsel 1931/32 stellte die DRG noch einmal sieben 24er in Dienst.

Im Rahmen der Versuche mit den so genannten Mitteldruck-Maschinen wurden 1932/33 die mit einem für 25 kp/cm^2 zugelassenen Kessel ausgerüsteten 24 069 und 24 070 abgenommen. Während die 24 069 ein Zweizylinderverbund-Triebwerk besaß, verfügte die 24 070 über Gleichstromzylinder der Bauart Wagner. Allerdings erwies sich die 24 070 als ein Fehlschlag – sie verbrauchte deutlich mehr Dampf als die normale 24 und wurde deshalb 1935 in eine Zweizylinderverbundlok anlog der 24 069 umgebaut. Die 24 069 hatte sich nämlich als die sparsamste deutsche Kolbendampflokomotive erwiesen. Allerdings machten die enormen Unterhaltungskosten des Kessels diesen Vorteil wieder zunichte.

Ab 1936 beschaffte die DRG weitere 24er, so dass der Bestand bis 1940 auf 95 Exemplare anwuchs. Nach den Zweiten Weltkrieg verblieben 48 Maschinen bei der Deutschen Bundesbahn (DB), fünf bei der Deutsche Reichsbahn (DR) in der DDR und 42 bei der Polnischen Staatsbahn (PKP). Die DB begann 1960 mit der schrittweisen Ausmusterung der »Steppenpferde«. Als letzte quittierte 1966 die 24 067 im Bw Rheydt den Dienst. Die DR zog ihre vier betriebsfähigen Maschinen nach zahlreichen Gastspielen im Frühjahr 1957 im Bw Jerichow zusammen, wo sie erst 1968 überflüssig wurden. Die letzte betriebsfähige Lok, die 24 009, verkaufte die DR 1972 in Bundesrepublik. In Polen standen zu diesem Zeitpunkt noch zahlreiche als Oi 2 bezeichnete »Steppenpferde« unter Dampf. Die letzten stellte die PKP erst 1976 ab.

Baureihe 25, 25^{10} (Neubaulok DR)

Technische Daten

		25	25^{10}
Bauart		1'Dh2	1'Dh2
Betriebsgattung		P 45.18	P 45.18
Länge ü. Puffer (Tender 2'2'T 30)	mm	23.300[1]	23.835[5]
Höchstgeschwindigkeit v/r	km/h	100/50	100/50
Zylinderdurchmesser	mm	600	600
Kolbenhub	mm	660	660
Treib- und Kuppelraddurchmesser	mm	1.600	1.600
Laufraddurchmesser v	mm	1.000	1.000
Kesselüberdruck	kp/cm²	16	16
Rostfläche	m²	3,87	3,76
Verdampfungsheizfläche	m²	171,8	158,6
Dienstmasse (2/3 Vorräte)	t	86,1[2]	89,0[2]
Brennstoffvorrat	t	12[3]	11,5[6]
Wasserkasteninhalt	m³	30[4]	27,5
indizierte Leistung	PS_i	k.A.	k.A.
indizierte Zugkraft	Mp	k.A.	k.A.

Anmerkungen:
[1] nach Umbau auf Kohlenstaubfeuerung: 22.695 mm (mit Tender 2'2' T 28 Kst)
[2] ohne Tender
[3] nach Umbau auf Kohlenstaubfeuerung: 10 t Kohlenstaub (23 m³)
[4] nach Umbau auf Kohlenstaubfeuerung: 28 m³
[5] mit Tender 2'2'T 27,5 Kst
[6] Kohlenstaub (26 m³)

Die Deutsche Reichsbahn (DR) in der DDR benötigte Anfang der 1950er-Jahre dringend neue Dampflokomotiven. Um Zeit bei der Entwicklung und in der Fertigung zu sparen, plante die DR die Beschaffung einer Universal-Maschine für den Einsatz im Flach- und Hügelland. Die vorgesehene 1'Dh2-Lok sollte einen 1.000 t schweren Zug in der Ebene mit 80 km/h befördern können und eine Achslast von maximal 17,8 t besitzen. Mit der Entwicklung der gewünschten Maschinen beauftragte die DR 1950 den VEB Lokomotivbau-Elektrotechnische Werke (LEW) »Hans Beimler« Hennigsdorf. Die DR gab dabei drei Prototypen mit verschiedenen Feuerungen in Auftrag – eine Kohlenstaubfeuerung des Systems Wendler, eine Stoker-Feuerung und eine herkömmliche Rostfeuerung. Das LEW begann zunächst mit der Entwicklung der als Baureihe 25^{10} geplanten Kohlenstaublok. 1951 übernahm das Zentrale Konstruktionsbüro (ZB) Berlin-Wildau der Vereinigung der Lokomotiv- und Waggonbau-Industrie der DDR (LOWA) die Arbeiten. Allerdings zeichnete sich bereits nach nur wenigen Monaten ab, dass die DR mit ihrem neuen Typenplan das Konzept der Universal-Lok wieder aufgab. So stornierte die DR Ende 1951 die Maschine mit der Rostfeuerung. Ende 1952 legte das ZB schließlich die fertige Zeichnungen vor, so dass 1953 beim VEB Lokomotivbau »Karl Marx« Babelsberg (LKM) mit der Fertigung der beiden Baumuster begonnen wurde.

Als erste Maschine lieferte LKM im Sommer 1954 die 25 001 an die DR ab. Neu an der Lokomotive waren der geschweißte Blechrahmen, der Mischvorwärmer, der Heißdampfregler und der mit einer Verbrennungskammer ausgerüstete Kessel. Charakteristisch für die Maschine war der unsymmetrische Achsstand. Doch die Begeisterung der DR für die 25 001 hielt sich in Grenzen, da die Lok zahlreiche Fertigungsmängel und Konstruktionsfehler aufwies. Die Messfahrten mussten deshalb immer wieder unterbrochen werden.

Gut ein Jahr später folgte die kohlenstaubgefeuerte 25 1001, die sich nur durch ihre lange schmale Feuerbüchse von ihrer Schwesterlok unterschied. Auch die Inbetriebnahme der 25 1001 verlief nicht ohne Pannen. Zwar beeindruckte die 25 1001 durch ihre sehr gute Verdampfungsleistung und ihre Zugkraft, doch die Laufeigenschaften ließen wie bei der 25 001 im oberen Geschwindigkeitsbereich sehr zu wünschen übrig.

Da sich die Stoker-Feuerung der 25 001 als unbrauchbar erwiesen hatte, ließ die DR die Lok 1958 ebenfalls mit einer Kohlenstaubfeuerung ausrüsten und in 25 1002 umzeichnen. Beide Maschinen waren die meiste Zeit im Bw Arnstadt stationiert. Lediglich von 1960 bis 1962 gaben die 25er ein Gastspiel in Senftenberg. Arnstadt setzte die beiden als »Knochenschüttler« verrufenen Maschinen meist im Personenzugdienst nach Meiningen, Erfurt, Saalfeld und Weimar ein. Häufige Risse in den zu schwachen Blechrahmen führten oft zu Reparaturen und langen Ausfallzeiten. Bereits 1964 stellte das Bw Arnstadt die beiden 25er ab. Die Laufleistungen der beiden Loks waren mit rund 278.000 km (25 1001) und 248.000 km (25 1002) völlig indiskutabel. Die Maschinen rosteten gut vier Jahre auf verschiedenen Bahnhöfen vor sich hin, bevor die DR sie 1968 ausmusterte und in Nordhausen verschrotten ließ.

Baureihe 34^{73} (Länderbahnlok, mecklenburg. P 3^1)

Technische Daten

Bauart		1Bn2
Betriebsgattung		P 23.13
Länge ü. Puffer (Tender pr 3 T 12)	mm	14.773
Höchstgeschwindigkeit v/r	km/h	90/50
Zylinderdurchmesser	mm	400
Kolbenhub	mm	560
Treib- und Kuppelraddurchmesser	mm	1.750
Laufraddurchmesser v	mm	1.150
Kesselüberdruck	kp/cm²	12
Rostfläche	m²	1,88
Verdampfungsheizfläche	m²	101,6[1]
Dienstmasse (2/3 Vorräte)	t	39,0[2]
Brennstoffvorrat	t	4
Wasserkasteninhalt	m³	12
indizierte Leistung	PS_i	k.A.
indizierte Zugkraft	Mp	k.A.

Anmerkungen:
[1] 34 7301 bis 34 7308: 103,1 m²
[2] ohne Tender; 34 7301 bis 34 7308: 36,5 t

Die Großherzogliche Mecklenburgische Friedrich-Franz-Eisenbahn (MFFE) gehörte zu den kleinsten deutschen Länderbahnen. Die Strecken dienten in erster Linie zur Abfuhr landwirtschaftlicher Produkte und im Sommer dem Bäderverkehr. Die MFFE verzichtete meistens aus Kostengründen auf die Entwicklung eigener Typen und beschaffte stattdessen bewährte Gattungen der Preußischen Staatsbahn. Für den schweren Reisezugdienst genügten in Mecklenburg-Schwerin meist zweifachgekuppelte Schlepptenderloks oder einfache Tender-Maschinen. Die MFFE beschaffte 1896 für den Personenzugdienst die ersten Exemplare der preußischen Gattung P 3^1. Bis 1907 erwarb die Bahngesellschaft insgesamt 41 dieser robusten 1Bn2-Schlepptenderloks. Die wartungsarmen Zweikuppler besaßen einen sehr tiefliegenden Kessel mit einer zwischen den Rahmenwangen eingezogenen Feuerbüchse. Typisch für die Maschinen war die innenliegende Allan-Steuerung. Die vordere Laufachse war fest im Rahmen gelagert.

Über viele Jahre hinweg bildete die P 3^1 das Rückgrat im Reisezugdienst der MFFE. Erst während des Ersten Weltkrieges wurden die ersten Maschinen ausgemustert. Als die Deutsche Reichsbahn-Gesellschaft (DRG) 1925 ihren endgültigen Umzeichnungsplan aufstellte, gehörten noch 22 P 3^1 zum Bestand der Reichsbahndirektion Schwerin. Bereits ein Jahr später rollten die letzten von Ihnen auf das Abstellgleis.

Baureihe 34^{76} (Länderbahnlok, sächsische III)

Technische Daten

Bauart		1Bn2
Betriebsgattung		P 23.11[1]
L. ü. Puffer (Tender sä 3 T 5,65)	mm	13.035
Höchstgeschwindigkeit v/r	km/h	70/50
Zylinderdurchmesser	mm	406
Kolbenhub	mm	560
Treib- und Kuppelraddurchmesser	mm	1.560
Laufraddurchmesser v	mm	1.035
Kesselüberdruck	kp/cm^2	8,5
Rostfläche	m^2	1,6
Verdampfungsheizfläche	m^2	91,53
Dienstmasse (2/3 Vorräte)	t	37,17[2]
Brennstoffvorrat	t	4,5
Wasserkasteninhalt	m^3	5,65
indizierte Leistung	PS_i	k.A.
indizierte Zugkraft	Mp	k.A.

Anmerkungen:
[1] teilweise P 23.13 [2] ohne Tender

In den 1870er-Jahre hielten die meisten Bahngesellschaften in Deutschland 1B-Maschinen für den Reisezugdienst vor. Auch konstruktiv besaßen diese Loks sehr viele Gemeinsamkeiten – kurze Rauchkammer, tiefliegender Kessel und hinter den Zylindern angeordnete Laufachse. Auch die Königlich Sächsischen Staatseisenbahnen (K.Sächs.Sts.E.) gaben 1871 solche Maschinen in Auftrag. Allerdings wählten die K.Sächs.Sts.E. aufgrund ihrer krümmungs- und steigungsreichen Strecken den relativ kleinen Kuppelraddurchmesser von 1.570 mm. Mit der Lieferung der später als Gattung III bezeichneten Loks wurden die Maschinenfabrik Esslingen (21 Exemplare) und Hartmann (66 Exemplare) in Chemnitz beauftragt. Bis 1872 stellten die K.Sächs. Sts.E. alle diese Maschinen in Dienst.

Zwischen den beiden Bauserien bestanden aber einige Unterschiede: Während die Esslinger Loks einen flachen Dampfdom und Umlaufbleche besaßen, hatten die wesentlich schwereren Hartmann-Maschinen eine gewölbte Domhaube und nur Radschutzkästen. Die Maschinen konnten trotz ihrer überhängenden Massen 70 km/h schnell fahren.

Über viele Jahre standen die 1B-Maschinen in Diensten der K.Sächs.Sts.E. Erst Anfang des 20. Jahrhunderts wurden die ersten Loks verschrottet. Bei der Gründung der Deutschen Reichsbahn 1920 gehörten noch 33 Maschinen zum Betriebspark. Fünf Jahre später war aber nur noch die 34 7611 betriebsfähig, die bis Ende 1925 den Weg des alten Eisens ging.

Baureihe 34^{77-78} (Länderbahnlok, sächsische III b)

Technische Daten

Bauart		1'Bn2
Betriebsgattung		P 23.13
Länge ü. Puffer (Tender sä 3 T 9)	mm	13.854[1]
Höchstgeschwindigkeit v/r	km/h	70[2]/50
Zylinderdurchmesser	mm	406
Kolbenhub	mm	560
Treib- und Kuppelraddurchmesser	mm	1.560[3]
Laufraddurchmesser v	mm	1.035
Kesselüberdruck	kp/cm^2	10
Rostfläche	m^2	1,66
Verdampfungsheizfläche	m^2	91,59[4]
Dienstmasse (2/3 Vorräte)	t	39,5[5]
Brennstoffvorrat	t	4,5
Wasserkasteninhalt	m^3	9
indizierte Leistung	PS_i	k.A.
indizierte Zugkraft	Mp	k.A.

Anmerkungen:

[1] 34 7701, 34 7702: 13.325 (mit Tender sä 3 T 7,59)
[2] 34 7721, 34 772, 34 7724: 60 km/h
[3] 34 7725: 1.590 mm
[4] 34 7701, 34 7702: 92,93 m^2
[5] ohne Tender; 34 7701, 34 7702: 35,79 t

Unter der Gattung III b fassten die Königlich Sächsischen Staatseisenbahnen (K.Sächs.Sts.E.) zahlreiche verschiedene 1'B-Personenzugloks zusammen, deren Beschaffungszeitraum sich von 1874 bis 1901 erstreckte. So unterschiedlich wie die einzelnen Maschinen waren auch die Hersteller. Zunächst bezeichneten die K.Sächs.Sts.E. die 1'Bn2-Loks, die sie bei der Verstaatlichung der Muldenthalbahn, der Zwickau-Falkensteiner Eisenbahn, der Zittau-Reichenbacher Eisenbahn und der Chemnitz-Komotauer Eisenbahn übernommen hatte, als III b. Der Achsstand dieser Maschinen schwankte zwischen 3.800 und 4.330 mm. Später reihten die K.Sächs. Sts.E. eigene Maschinen in diese Gattung ein. Die ab 1893 von Hartmann gefertigten Maschinen besaßen im Unterschied zu ihren Vorgängern einen verbesserten vorderen Laufradsatz der Bauart Novotny.

Obwohl die Maschinen bereits Anfang des 20. Jahrhunderts in untergeordnete Dienste abgeschoben wurden, erreichten viele von ihnen im Vorort- und Nebenbahndienst ein stattliches Dienstalter. Als die Deutsche Reichsbahn-Gesellschaft 1925 ihren endgültigen Umzeichnungsplan vorlegte, waren buchmäßig noch 80 Exemplare vorhanden. Erst 1930 wurde die Letzte von ihnen ausgemustert.

Baureihe 34^{79} (Länderbahnlok, sächsische III b V)

Technische Daten

Bauart		1'Bn2v
Betriebsgattung		P 23.14
Länge ü. Puffer (Tender sä 3 T 9)	mm	13.996
Höchstgeschwindigkeit v/r	km/h	75/50
Zylinderdurchmesser (HD/ND)	mm	420/650
Kolbenhub	mm	560
Treib- und Kuppelraddurchmesser	mm	1.560
Laufraddurchmesser v	mm	1.230
Kesselüberdruck	kp/cm²	12
Rostfläche	m²	1,82
Verdampfungsheizfläche	m²	97,02
Dienstmasse (2/3 Vorräte)	t	41,4[1]
Brennstoffvorrat	t	4,5
Wasserkasteninhalt	m³	9
indizierte Leistung	PS_i	k.A.
indizierte Zugkraft	Mp	k.A.

Anmerkung:
[1] ohne Tender

Durch die so genannte große Depression Ende der 1870er-Jahre gingen auch bei den Königlich Sächsischen Staatseisenbahnen (K.Sächs.Sts.E.) die Beförderungsleistungen deutlich zurück. Die Beschaffung neuer Fahrzeuge war nun für einige Jahre nicht zwingend notwendig. Dies änderte sich erst ab Mitte der 1880er-Jahre. Nun benötigten die K. Sächs. Sts. E. dringend neue Reisezugmaschinen. Mit der Entwicklung der später als Gattung III b V bezeichneten Type wurde die Firma Hartmann in Chemnitz beauftragt. Auf Wunsch der K.Sächs. Sts.E. leitete Hartmann die Personenzuglok aus der Schnellzugmaschine der Gattung VI b V ab. Die III b V besaß einen kürzeren, tiefer liegenden Kessel und kleinere Kuppelräder. Dadurch fiel der Achsstand und die Dienstmasse etwas kleiner aus. Da die Rostfläche aber gleich blieb, hatte die Gattung III b V nur eine unwesentlich geringere Leistung als die VI b V. Aus diesem Grund setzten die K. Sächs. Sts. E. die 1'Bn2v-Maschinen bevorzugt im Schnellzugdienst auf den Strecken des Erzgebirges ein. Bis 1892 lieferte Hartmann insgesamt 18 Exemplare. Allerdings war die III b V nach nur wenigen Jahren vor den immer schwerer werdenden Zügen hoffnungslos überlastet. Bereits um 1898 wurden die Loks in untergeordnete Dienste abgeschoben. Anfang der 1920-Jahre schlug dann ihr letztes Stündlein. Im endgültigen Umzeichnungsplan der Deutsche Reichsbahn-Gesellschaft (DRG) fanden 1925 nur noch zwei III b V Eingang. Sie wurden bis Ende 1925 ausgemustert.

Baureihe 34^{80} (Länderbahnlok, sächsische VI b V)

Technische Daten

Bauart		1'Bn2v
Betriebsgattung		P 23.14
Länge ü. Puffer (Tender sä 3 T 9)	mm	14.123
Höchstgeschwindigkeit v/r	km/h	85/50
Zylinderdurchmesser (HD/ND)	mm	440/650
Kolbenhub	mm	560
Treib- und Kuppelraddurchmesser	mm	1.875
Laufraddurchmesser v	mm	1.230
Kesselüberdruck	kp/cm²	12
Rostfläche	m²	1,82
Verdampfungsheizfläche	m²	102,13
Dienstmasse (2/3 Vorräte)	t	42,4[1]
Brennstoffvorrat	t	6
Wasserkasteninhalt	m³	12
indizierte Leistung	PS_i	k.A.
indizierte Zugkraft	Mp	k.A.

Anmerkung:
[1] ohne Tender

Mit der Einführung der 3. Klasse in den Schnellzügen waren die Königlich Sächsischen Staatseisenbahnen (K.Sächs.Sts.E.) gezwungen, neue Maschinen zu beschaffen, denn die bisher eingesetzten Zweikuppler waren mit ihren Zweizylindertriebwerken zu schwach. Da die Versuche mit den Güterzug-Verbundloks der Gattung V V ein voller Erfolg waren, sollte die neue Reisezuglok ebenfalls ein Verbundtriebwerk erhalten. Mit der Entwicklung der später als VI b V bezeichneten Gattung wurde die Firma Hartmann in Chemnitz beauftragt, die 1886 die beiden Baumuster lieferte.

Zu Vergleichszwecken besaß eine Lok ein Zweizylinderverbund- und eine Maschine ein Zweizylinder-Triebwerk. Beide Maschinen hatten einen genieteten Kessel, der für 12 kp/cm² zugelassen war. Bei den Versuchsfahrten erwies sich die 1'Bn2v-Lok als deutlich sparsamer im Verbrauch, so dass die Zweizylinderlok entsprechend umgebaut wurde und die K.Sächs.Sts.E. weitere Verbundmaschinen in Auftrag gaben. 1888 und 1890 lieferte Hartmann jeweils sechs Exemplare.

Die Gattung VI b V vermochte zwar in puncto Leistung und Zugkraft zu überzeugen, die Laufeigenschaften jedoch waren schlecht. Die Personale beklagten immer wieder den harten Gang und die Stöße, die die zweite Kuppelachse auf das Führerhaus übertrug. Nicht selten waren die Führerhäuser lose.

Erst Anfang der 1920er-Jahre wurde die VI b V ausgemustert. So sah der endgültige Umzeichnungsplan der Deutschen Reichsbahn-Gesellschaft (DRG) 1925 nur noch eine Maschine vor, die aber bereits im Herbst 1925 aus dem Bestand gestrichen wurde.

BR 34^{81}, 34^{82} (Länderbahnlok, württemb. A, A c)

Technische Daten

		34^{81}	34^{82}
Bauart		1'Bn2	1'Bn2v
Betriebsgattung		P 23.13	P 23.14
Länge ü. Puffer (Tender wü 2 T 10)	mm	14.092	14.092
Höchstgeschwindigkeit v/r	km/h	80/50	80/50
Zylinderdurchmesser (HD/ND)	mm	420[1]	420/600
Kolbenhub	mm	560	560
Treib- und Kuppelraddurchmesser	mm	1.650	1.650
Laufraddurchmesser v	mm	1.045	1.045
Kesselüberdruck	kp/cm²	12[2]	14
Rostfläche	m²	1,60[3]	1,6
Verdampfungsheizfläche	m²	105,25[4]	105,3
Dienstmasse (2/3 Vorräte)	t	38,9[5]	40,4[6]
Brennstoffvorrat	t	6	6
Wasserkasteninhalt	m³	10	10
indizierte Leistung	PS_i	k.A.	k.A.
indizierte Zugkraft	Mp	k.A.	k.A.

Anmerkungen:
[1] 34 8101: 408 mm
[2] 34 8101: 10 kp/cm²
[3] 34 8101: 1,57 m²
[4] 34 8101: 110,75 m²
[5] ohne Tender; 34 8101: 36,9
[6] ohne Tender

Die sprichwörtliche schwäbische Sparsamkeit war auch ein Merkmal der Königlich Württembergischen Staats-Eisenbahn (K.W.StE.). Für den Personenzugdienst hielt man eine 1B-Maschine mit starrer Laufachse und Zweizylindertriebwerk für das Optimum. 1889 lieferte die Maschinenfabrik Esslingen fünf 1Bn2v-Maschinen der Klasse A c., der bis 1897 weitere 26 Exemplare folgten. Zeitgleich begann die K.W.StE. ihre vorhanden 2'B-Maschinen in 1B-Loks umzubauen. Insgesamt wurden 103 Schlepptenderloks umgerüstet. 1893 begann eine zweite Umbauwelle, bei der auch 13 Exemplare der Klasse A a modernisiert wurden. Aus ihnen entstand zwischen 1896 und 1903 die nunmehrige Klasse A. Als die Deutsche Reichsbahn-Gesellschaft (DRG) 1925 ihren endgültigen Umzeichnungsplan aufstellte, waren nur noch zwei A (34^{81}) und neun A c (34^{82}) vorhanden. Ende 1925 waren diese Loks bereits Geschichte.

BR 36^{0-4}, 36^{6} (Länderb.-Lok, preuß. P 4^{2}, meck. P 4^{2})

Technische Daten

		36^{0-4}	36^{6}
Bauart		2'Bn2v	2'Bn2v
Betriebsgattung		P 24.15	P 24.14^{2}
Länge ü. Puffer (Tender pr 2'2'T 16)	mm	17.611	17.611
Höchstgeschwindigkeit v/r	km/h	90/50	90/50
Zylinderdurchmesser (HD/ND)	mm	460/680	460/680
Kolbenhub	mm	600	600
Treib- und Kuppelraddurchmesser	mm	1.750	1.750
Laufraddurchmesser v	mm	1.000	1.000
Kesselüberdruck	kp/cm^2	12	12
Rostfläche	m^2	2,31	2,31
Verdampfungsheizfläche	m^2	115,55	$118{,}1^{3}$
Dienstmasse (2/3 Vorräte)	t	$50{,}4^{1}$	$51{,}0^{4}$
Brennstoffvorrat	t	5	6
Wasserkasteninhalt	m^3	16	16
indizierte Leistung	PS_i	k.A.	k.A.
indizierte Zugkraft	Mp	k.A.	k.A.

Anmerkungen:
[1] ohne Tender
[2] ab 36 651: P 24.15
[3] ab 36 651: 117,72 m^2
[4] ohne Tender; ab 36 651: 49,0 t

Ende des 19. Jahrhunderts benötigte die Preußische Staatsbahn dringend eine neue Maschine für den schweren Personenzugdienst. Die Firma Henschel erhielt den Auftrag, eine 2'B-Schlepptenderloks mit Zweizylinder- und mit Zweizylinderverbund-Triebwerk zu entwickeln. Die gewünschten Baumuster wurden 1891/1892 in Dienst gestellt. Aufgrund der immer wieder auftretenden Schwierigkeiten beim Anfahren gab die Preußische Staatsbahn zunächst der als P 4^{1} bezeichneten Zweizylinderlok (siehe Seite 108) den Vorzug.

Dies änderte sich jedoch nach wenigen Jahren, denn das so genannte Dultz'sche Wechselventil löste die Probleme beim Anfahren der Verbundmaschinen. Die Preußische Staatsbahn ließ nun noch einmal die Konstruktion der als P 4^{2} bezeichneten Verbundlok überarbeiten und begann 1898 mit der Indienststellung der neuen Maschinen, die sich durch ihr verbessertes vorderes Drehgestell, die modifizierte Steuerung und den größeren Führerhäusern von ihren Vorgängern unterschieden. Die P 4^{2} war in Sachsen Zugkraft und Verbrauch ihrer Zweizylinder-Schwester deutlich überlegen. Die Verbundloks vermochten in der Ebene einen 280 t schweren Reisezug mit 80 km/h zu befördern. Die Preußische Staatsbahn beschaffte bis zum Jahr 1910 insgesamt 695 Exemplare der

P 4^{2}, die nun in fast allen Direktionen das Bild im Personenzugdienst bestimmte.
Anfang des 20. Jahrhunderts benötigte die Großherzogliche Mecklenburgische Friedrich-Franz-Eisenbahn (MFFE) eine neue Personenzuglok. Aufgrund der guten Erfahrungen, die die Preußische Staatsbahn mit der P 4^{2} gemacht hatte, stellte die MFFE ab 1903 auch die Verbundlok in Dienst. Bis 1912 erwarb die MFFE insgesamt 32 Maschinen.
Die Reparationsforderungen der Siegermächte des Ersten Weltkrieges rissen erhebliche Lücken in den P 4^{2}-Bestand der Preußischen Staatsbahn, die über 100 Maschinen abgegeben musste. Die Deutsche Reichsbahn-Gesellschaft (DRG) reihte 1925 noch 437 preußische P 4^{2} Baureihe (36^{0-4}) und 32 mecklenburgische P 4^{2} Baureihe (36^{6}) in ihren Fahrzeugpark ein. Doch die Tage der Maschinen waren gezählt. Durch die Beschaffung neuer Lokomotiven und eine Rationalisierung des Betriebes konnte die DRG bereits Ende der 1920er-Jahre die P 4^{2} in untergeordnete Dienst abschieben und ausmustern. Die modernen Nebenbahn-Maschinen der Baureihen 24 und 64 setzten die alten Preußinnen schließlich in großen Stückzahlen frei.
Während des Zweiten Weltkrieges reihte die Reichsbahn jedoch wieder zahlreiche P 4^{2} in ihren Bestand ein – dies waren die durch die Besetzung Polens übernommen Maschinen. Nach Kriegsende besaßen die Deutsche Bundesbahn und die Deutsche Reichsbahn (DR) in der DDR nur wenige P 4^{2}, die aber nicht mehr zum Einsatz kamen. Eine Ausnahme bildete die bei der DR verbliebene 36 457. Die 1902 von Schwartzkopff gebaute Lok wurde im Reichsbahnausbesserungswerk (Raw) Stendal ab 1948 mit einer Kohlenstaubfeuerung des Systems Wendler und einer Kohlenzertrümmerungseinrichtung der Bauart Pierson ausgerüstet. Mit dieser Einrichtung sollten die teueren Mahlanlagen eingespart werden. Allerdings war die am 1. Mai 1951 abgenommen Maschine nur kurze Zeit im Einsatz, denn die Kohlenzertrümmerungseinrichtung funktionierte nicht richtig. Als letzte P 4^{2} in Deutschland wurde die 36 457 im Jahr 1957 abgestellt und 1959 als Dampfspender verkauft.

Baureihe 36^7, 36^{7-8} (Länderbahnlok, bayer. B XI)

Technische Daten

		36^7,	36^8
Bauart		2'Bn2	2'Bn2v
Betriebsgattung		P 24.14	P 24.15
L. ü. Puffer (Tender bay 2'2'T 18)	mm	16.986	16.986
Höchstgeschwindigkeit v/r	km/h	90/50	90/50
Zylinderdurchmesser (HD/ND)	mm	430	455/670
Kolbenhub	mm	610	610
Treib- und Kuppelraddurchmesser	mm	1.870	1.870
Laufraddurchmesser v	mm	1.006	1.006
Kesselüberdruck	kp/cm^2	12	13
Rostfläche	m^2	1,24	2,26
Verdampfungsheizfläche	m^2	116,2	116,8
Dienstmasse (2/3 Vorräte)	t	50,4[1]	51,0[2]
Brennstoffvorrat	t	6,5	6,5
Wasserkasteninhalt	m^3	18	18
indizierte Leistung	PS_i	k.A.	k.A.
indizierte Zugkraft	Mp	k.A.	k.A.

Anmerkungen:
[1] ohne Tender [2] ohne Tender; ab 36 801: 51,5 t

Auf den Strecken der Bayerischen Staatsbahn nahm um 1890 das Verkehrsaufkommen deutlich zu. Um die Durchlassfähigkeit der Strecken zu erhöhen, hob die Staatsbahn die Höchstgeschwindigkeit für Schnellzüge auf 90 km/h an und führte die Druckluftbremse der Bauart Westinghouse ein. Allerdings war der vorhandene Fahrzeugpark den steigenden Anforderungen nicht mehr gewachsen und so musste die Bayerische Staatsbahn bereits wenige Monate nach Erscheinen der 1890 erstmals gebauten Maschinen der Gattung B X eine neue Personenzugmaschine in Auftrag geben. 1892 lieferte die Lokfabrik Maffei die ersten Exemplare der neuen Gattung B XI, von der die Staatsbahn bis 1893 insgesamt 39 Einheiten in Dienst stellte. Typisch für die B XI waren der dreischüssige Langkessel und die lange, schmale Feuerbüchse, die zwischen den Rahmenwangen eingezogen war. Das große vordere Drehgestell trug einen wesentlichen Teil des Kessels. Neu an der B XI waren die außenliegende Heusinger-Steuerung mit Hängeeisen. Die vom Dampfdom aus über den Kessel geführten Einströmrohre gaben den 2'Bn2-Maschinen eine unverwechselbare Silhouette.

Nach den Erfolgen, die andere Bahnverwaltungen mit der Verbundtechnik erzielt hatten, ließ die Bayerische Staatsbahn aus der B XI eine Zweizylinderverbund-Maschine ableiten, deren erste Exemplare Maffei im Jahr 1895 fertigte. Die als »B XI

Verbund« bezeichneten Lokomotiven unterschieden sich im Wesentlichen nur im Triebwerk von den Zweizylinderloks. Zur besseren Ausnutzung des Wärmegefälles hatte Maffei jedoch den zulässigen Kesseldruck der B XI Verbund von 12 auf 13 kp/cm^2 angehoben. Zum besseren Anfahren wurden die Loks mit einer Anfahrvorrichtung der Bauart Mallet ausgerüstet, mit der der Lokführer das Triebwerk von Verbundwirkung auf eine einfache Expansion umstellen konnte.

Die »B XI Verbund« erwies sich als eine sehr gelungene Konstruktion, die sich im schweren Reisezugdienst hervorragend bewährte. Tägliche Laufleistungen von bis zu 350 km waren bei der »B XI Verbund« keine Seltenheit, womit die Loks damals zu den am höchsten belasteten Maschinen gehörten. Durchläufe von bis zu 200 km/h vor Schnellzügen waren ebenfalls keine Seltenheit, weshalb die Bayerische Staatsbahn die »B XI Verbund« mit den Tendern der Bauart 2'2'T 18 ausrüsten ließ. Die Verbundloks waren deutlich stärker als die Zwillingsmaschinen. So konnte die »B XI Verbund« in der Ebene einen 350 t schweren Schnellzug mit 70 km/h befördern. Die Zwillings-B XI hingegen hatte bereits bei 270 t ihre Leistungsgrenze erreicht.

Auch wenn die Bayerische Staatsbahn bis 1900 insgesamt 100 Exemplare der »B XI Verbund« beschaffte, wurde sie bereits in der zweiten Hälfte der 1890er-Jahre in den hochwertigen Diensten recht schnell von der Gattung C V abgelöst. Bereits Anfang des 20. Jahrhunderts musterte die Bayerische Staatsbahn die ersten B XI aus. Der 1925 veröffentlichte endgültige Umzeichnungsplan der Deutschen Reichsbahn-Gesellschaft (DRG) sah nur noch die Übernahme von acht Zweizylinderloks (36 701–708) und 76 »B XI Verbund« (36 751–786) vor. Bis 1931 wurden die letzten B XI ausgemustert.

Baureihe 36^8 (Länderbahnlok, Umbau bayer. P 2/4)

Technische Daten

		36^8	36^8(Umbau)
Bauart		2'aA1n2v	2'Bh2
Betriebsgattung		-	P 24.15
L. ü. Puffer (Tender bay 3 T 14,5)	mm	16.570	16.552
Höchstgeschwindigkeit v/r	km/h	90/50	90/50
Zylinderdurchmesser (HD/ND)	mm	385/610	490
Kolbenhub	mm	610	610
Treib- und Kuppelraddurchmesser	mm	1.870	1.870
Laufraddurchmesser v/h	mm	1.006/1.006	1.006
Kesselüberdruck	kp/cm^2	13	13
Rostfläche	m^2	2,26	2,26
Verdampfungsheizfläche	m^2	95,6	94,6
Dienstmasse (2/3 Vorräte)	t	51,0[1]	51,7[1]
Brennstoffvorrat	t	6	6
Wasserkasteninhalt	m^3	14,5	14,5
indizierte Leistung	PS_i	k.A.	k.A.
indizierte Zugkraft	Mp	k.A.	k.A.

Anmerkung:
[1] ohne Tender

Zu den ungewöhnlichsten deutschen Reiszuglokomotiven gehörte die bayerische AA 1, die spätere P 2/4. Der Chefkonstrukteur der Lokfabrik Krauss, Richard von Helmholtz, entwickelte Ende des 19. Jahrhunderts eine einfachgekuppelte Personenzuglok, die zum Anfahren mit einem so genannten Booster ausgerüstet war. Die zusätzliche Kuppelachse erzeugte beim Anfahren mehr Zugkraft und wurde nach Erreichen der Beharrungsgeschwindigkeit abgestellt. Ein im Rahmen liegender Dampfzylinder drückte die Achse auf die Schienen. Die 1896 gebaute Lok erwies sich als eine sehr sparsame Maschine. Allerdings schlug das komplizierte Triebwerk der 2'aA1-Maschine mit erheblichen Unterhaltungskosten zu Buche, so dass die Bayerische Staatsbahn auf die Beschaffung weiterer Exemplare verzichtete.

Ein Unfall beendete 1907 die Karriere der AA I. Die Bayerische Staatsbahn ließ die Lok nun in eine 2'Bh2-Maschinen umbauen, die sich noch einige Jahre im Personenzugdienst bewährte. Die fortan als P 2/4 bezeichnete Lok vermochte in der Ebene einen 130 t schweren Zug mit 100 km/h zu befördern.

Die Deutsche Reichsbahn-Gesellschaft (DRG) gab der P 2/4 im Herbst 1925 die Betriebsnummer 36 861. Erst 1933 quittierte die 36 861 im Bw Simbach (Inn) den Dienst.

Baureihe 36^{9-10} (Länderbahnlok, sächs. VIII V 2)

Technische Daten

Bauart		2'Bn2v
Betriebsgattung		P 24.14[1]
L. ü. Puffer (Tender sä 2'2'T 16)	mm	16.638
Höchstgeschwindigkeit v/r	km/h	80/50
Zylinderdurchmesser (HD/ND)	mm	440/650[2]
Kolbenhub	mm	600
Treib- und Kuppelraddurchmesser	mm	1.590
Laufraddurchmesser v	mm	1.065
Kesselüberdruck	kp/cm²	12[3]
Rostfläche	m²	1,87
Verdampfungsheizfläche	m²	103,14[4]
Dienstmasse (2/3 Vorräte)	t	49,5[5]
Brennstoffvorrat	t	7
Wasserkasteninhalt	m³	21
indizierte Leistung	PS_i	k.A.
indizierte Zugkraft	Mp	k.A.

Anmerkungen:
[1] ab 36 921: P 24.15; ab 36 951: P 24.16
[2] ab 36 921: 460/680 mm
[3] ab 36 951: 13 kp/cm²
[4] ab 36 951: 121,30 m²
[5] ohne Tender; ab 36 921: 51,6 t; ab 36 951: 54,5 t

Wie andere Länderbahnen auch favorisierten die Königlich Sächsischen Staatseisenbahnen (K.Sächs. Sts.E.) Ende des 19. Jahrhunderts Lokomotiven mit der Achsfolge 2'B für den hochwertigen Reisezugdienst. Zur Verstärkung des Lokparks gaben die K.Sächs.Sts.E. 1895 bei Hartmann in Chemnitz die 2'Bn2v-Maschinen der Gattung VIII V2 in Auftrag. Für den Einsatz auf den steigungs- und krümmungsreichen Strecken hatten die Maschinen Kuppelräder mit einem Durchmesser von 1.590 mm erhalten. Die 80 km/h schnellen Loks bestachen durch ihre Zugkraft. Sie konnten bei Höchstgeschwindigkeit in der Ebene einen 295 t schweren Zug bewältigen.

Den drei Baumustern folgten 1897 insgesamt 17 Serienmaschinen. Das ein Jahr später gelieferte zweite Baulos mit zehn Maschinen besaß größere Zylinder. Die 20 Maschinen des dritten Bauloses hingegen wurden 1899 mit größeren Führerhäusern geliefert. Da die Produktionskapazität bei Hartmann den Bedarf der K.Sächs.Sts.E. nicht decken konnte, lieferten die BMAG, die Maschinenfabrik Esslingen und Linke-Hofmann in den Jahren 1900 und 1901 weitere Exemplare. Insgesamt stellten die K.Sächs. Sts.E. 118 Exemplare der VII V2 in Dienst. Erst in den 1920er-Jahren zeichnete sich das Ende der Maschinen ab. Die Deutsche Reichsbahn-Gesellschaft (DRG) führte zwar in ihrem endgültigen Umzeichnungsplan von 1925 noch 111 Loks auf, doch deren Ausmusterung setze nur wenig später ein. Bereits 1931 wurden die letzten VIII V2 aus den Bestandslisten gestrichen.

Baureihe 36^{12}, 36^{70} (Länderbahnlok, oldenburgische P 4^1 und P 4^2, preußische P 4^1)

Technische Daten

		36^{12}	36^{12}	36^{70}
Bauart		2'Bn2[1]	2'Bn2v[3]	2'Bn2
Betriebsgattung		P 24.14	P 24.15	P 24.14
Länge ü. Puffer (Tender old 3 T 12)	mm	15.213	17.461[4]	17.511[6]
Höchstgeschwindigkeit v/r	km/h	90/50	90/50	90/50
Zylinderdurchmesser (HD/ND)	mm	460	460/680	460
Kolbenhub	mm	600	600	600
Treib- und Kuppelraddurchmesser	mm	1.750	1.750	1.750
Laufraddurchmesser v	mm	1.000	1.000	1.000
Kesselüberdruck	kp/cm²	12	12	12
Rostfläche	m²	1,92	2,27	2,32
Verdampfungsheizfläche	m²	119,47	119,35	118,91
Dienstmasse (2/3 Vorräte)	t	45,2[2]	52,2[5]	48.4
Brennstoffvorrat	t	4	5	5
Wasserkasteninhalt	m³	12	20	16
indizierte Leistung	PS_i	k.A.	k.A.	k.A.
indizierte Zugkraft	Mp	k.A.	k.A.	k.A.

Anmerkungen:
[1] gilt für 36 1201 bis 36 1219
[2] ohne Tender
[3] gilt ab 36 1251
[4] mit Tender old 2'2'T 20
[5] ohne Tender; ab 38 1256: 53,9 t
[6] mit Tender pr 2'2'T 16

Der Anfang der 1890er-Jahre stetig zunehmende Reiseverkehr auf den Strecken der Preußischen Staatsbahn machte die Beschaffung neuer Personenzuglokomotiven unumgänglich. Damit ein leistungsfähiger Kessel ohne große Überhänge verwendet werden konnte, entschied sich die Preußische Staatsbahn für die Achsfolge 2'C. Da man sich aber noch nicht einig war, ob nun das Zweizylinder- oder Zweizylinderverbund-Triebwerk wirtschaftlicher war, beauftragte die Preußische Staatsbahn die Lokfabrik Henschel mit der Entwicklung jeweils einer 2'B n2- und 2'Bn2v-Maschine für den Personenzugdienst. Parallel dazu wurde auch eine Schnellzugmaschine entwickelt, die sich aber nur durch ihre größeren Kuppelräder von der Personenzuglok unterschied.

Baureihe 36^{12}, 36^{70} (Länderbahnlok, oldenburgische P 4^1 und P 4^2, preußische P 4^1)

Bereits 1893 stellte die Preußische Staatsbahn 55 Exemplare der 2'Bn2-Maschinen in Dienst, die in den Direktionen Berlin, Elberfeld, Erfurt, Frankfurt (Main) und Magdeburg zum Einsatz kamen. Typisch für die als P 4^1 bezeichneten Maschinen war die innenliegende Allan-Steuerung. Als Schwachpunkt der P 4^1 erwies sich das vordere Drehgestell, dessen Kugelpfannen sehr leicht zum Festfressen neigten. Die Preußische Staatsbahn ließ den Entwurf nun noch einmal gründlich überarbeiten und stellte bereits Ende 1893 die nun nach den Musterblatt II 1 d gefertigten P 4^1 in Dienst. Diese besaßen nicht nur ein überarbeitetes Drehgestell sondern auch einen außenliegende Heusinger Steuerung. Diese auch als »Bauart Hannover« bezeichneten Loks vermochten in der Ebene einen 310 t schweren Zug mit 70 km/h zu befördern. Die Preußische Staatsbahn beschaffte zwar 414 P 4^1, doch bereits Anfang der 1920er-Jahre waren nur noch wenige Loks im Einsatz. Die Deutsche Reichsbahn-Gesellschaft (DRG) reihte nur noch neun Maschinen in die Baureihe 36^{70} ein. Die Oldenburgische Staatsbahn benötige Ende des 19. Jahrhunderts ebenfalls neue Loks für den schweren Reisezugdienst. Auf kostenintensive Neuentwicklungen verzichtete man allerdings und beschaffte stattdessen bewährte preußische Gattungen. So gab die Oldenburgische Staatsbahn zwischen 1896 und 1902 insgesamt 19 P 4^1 bei der Hanomag in Auftrag, die aber einen kürzeren Achsstand besaßen. Außerdem hatten diese Loks keinen Dampfdom. Der Regler war in einer so genannten Dampfkammer untergebracht.

Im Jahr 1907 baute die Hanomag schließlich im Auftrag der Oldenburgischen Staatsbahn fünf 2'Bn2v-Maschinen der Gattung P 4^2 (siehe Seite 102), die mit einer Lentz-Ventilsteuerung und einer Anfahrvorrichtung der Bauart Ranafier ausgerüstet waren. 1909 folgten noch zwei weitere P 4^2. Die DRG reihte alle Maschinen 1935 als 36 1201–1219 (P 4^1) und 36 1251–1259 (P 4^2) in ihren Bestand ein.

Baureihe 37^{0-1} (Länderbahnlok, preußische P 6)

Technische Daten

Bauart		1'Ch2
Betriebsgattung		P 34.15
Länge ü. Puffer (Tender pr 2'2'T 16)	mm	17.608
Höchstgeschwindigkeit v/r	km/h	90/50
Zylinderdurchmesser	mm	540
Kolbenhub	mm	630
Treib- und Kuppelraddurchmesser	mm	1.600
Laufraddurchmesser v	mm	1.000
Kesselüberdruck	kp/cm²	12
Rostfläche	m²	2,28
Verdampfungsheizfläche	m²	132,28
Dienstmasse (2/3 Vorräte)	t	57,1[1]
Brennstoffvorrat	t	5
Wasserkasteninhalt	m³	16
indizierte Leistung	PS_i	k.A.
indizierte Zugkraft	Mp	k.A.

Anmerkung:
[1] ohne Tender

Anfang des 20. Jahrhunderts hatten die bisher bei der Preußischen Staatsbahn im schweren Personenzugdienst eingesetzten Zweikuppler ihre Leistungsgrenze erreicht. Der zuständige Beschaffungs-Dezernent Robert Garbe beauftragte deshalb die Firma Hohenzollern mit der Entwicklung einer 1'Ch2-Maschine, die nicht nur im Personen- und Güterzugdienst eingesetzt werden sollte, sondern auch Schnellzüge im Hügelland befördern sollte. Bereits 1902 lieferte Hohenzollern das Baumuster, dessen Kuppelraddurchmesser jedoch mit 1.500 mm zu klein war. Die Serienlokomotiven erhielten schließlich 1.600 mm große Kuppelräder. Außerdem wurden der Achsstand und der Zylinderdurchmesser vergrößert. Die als P 6 bezeichneten Maschinen überzeugten durch ihre sehr gute Beschleunigung und ihre sehr guten Verbrauchswerte. Sie gehörte zu den wirtschaftlichsten Maschinen ihrer Zeit. So konnte die Lok in der Ebene einen 360 t schweren Reisezug mit 90 km/h befördern. Doch die Laufeigenschaften waren vor allem im oberen Geschwindigkeitsbereich recht schlecht. Auch die Gestaltung war alles andere als gelungen. Von den 275 gebauten Maschinen musste die Preußische Staatsbahn nach dem Ersten Weltkrieg 110 Exemplare an die Siegermächte abgeben. Die Deutsche Reichsbahn-Gesellschaft (DRG) zeichnete 1925 noch 163 Loks um. Die meisten von ihnen waren in Ostpreußen stationiert. Nach dem Zweiten Weltkrieg verblieben nur einzelne Exemplare bei der Reichs- und Bundesbahn, die die P 6 bis 1950 aus ihren Listen strichen.

Baureihe 38^0 (Länderbahnlok, bayerische P 3/5 N)

Technische Daten

Bauart		2´Cn4v[1]
Betriebsgattung		P 35.14
Länge ü. Puffer (Tender bay 2´2´T 18,2)		mm
18.524		
Höchstgeschwindigkeit v/r	km/h	90/50
Zylinderdurchmesser (HD/ND)	mm	340/570
Kolbenhub	mm	640
Treib- und Kuppelraddurchmesser	mm	1.640
Laufraddurchmesser v	mm	850
Kesselüberdruck	kp/cm²	15
Rostfläche	m²	2,62
Verdampfungsheizfläche	m²	165,5[2]
Dienstmasse (2/3 Vorräte)	t	64,6[3]
Brennstoffvorrat	t	6,5
Wasserkasteninhalt	m³	18,2
indizierte Leistung	PS_i	k.A.
indizierte Zugkraft	Mp	k.A.

Anmerkungen:
[1] später Umbau auf Heißdampf (2´Ch4v)
[2] nach Umbau auf Heißdampf: 121,78 m²
[3] ohne Tender; nach Umbau auf Heißdampf: 66,8 t

Mit der Indienststellung der ersten S 3/5 (siehe Seite 57) hielten bei der Bayerische Staatsbahn neue Technologien, wie z.B. der Barrenrahmen, Einzug. Da sich die S 3/5 sehr gut bewährte, erhielt die Lokfabrik Maffei den Auftrag in Anlehnung an die Schnellzuglok eine Maschine für den Personenzugdienst zu entwickeln. Die ersten Exemplare der als P 3/5 N bezeichneten Gattung wurden bereits 1905 geliefert. Die Maschinen besaßen ebenfalls ein Vierzylinder-Verbundtriebwerk und einen Barrenrahmen. Das großzügig dimensionierte Triebwerk erlaubte die Beförderung eines 350 t schweren Zuges mit 80 km/h in der Ebene.

Da die Bayerische Staatsbahn Anfang des 20. Jahrhunderts unter einem eklatanten Fahrzeugmangel litt, wurden die in Lindau und München stationierten P 3/5 bevorzugt im Schnellzugdienst eingesetzt. Bis 1907 lieferte Maffei insgesamt 36 der 2'Cn4v-Maschinen. Der Erste Weltkrieg riss jedoch Lücken in den Bestand. Sechs Maschinen musste die Bayerische Staatsbahn als Totalverlust abschreiben, 17 weitere verlangten die Siegermächte als Reparationsleistung. Inzwischen hatten die S 3/6 die Nassdampfer aus dem hochwertigen Zugdienst verdrängt. Die verbliebenen 13 Loks übernahm schließlich 1925 die Deutsche Reichsbahn-Gesellschaft (DRG), die die Maschinen auf Heißdampf umbauen ließ. 1932 begann die DRG mit der Ausmusterung der ehemaligen P 3/5. Als letzte schied 1938 die 38 003 aus dem Betriebspark aus.

Baureihe 38^{2-3} (Länderbahnlok, sächsische XII H 2)

Technische Daten		
Bauart		2'C h2
Betriebsgattung		P 35.15
Länge ü. Puffer (Tender sä 2'2' T 21)	mm	18.972
Höchstgeschwindigkeit v/r	km/h	90/50
Zylinderdurchmesser	mm	550
Kolbenhub	mm	600
Treib- und Kuppelraddurchmesser	mm	1.590
Laufraddurchmesser v	mm	1.065
Kesselüberdruck	kp/cm²	13
Rostfläche	m²	2,83
Verdampfungsheizfläche	m²	162,28
Dienstmasse (2/3 Vorräte)	t	113,4
Brennstoffvorrat	t	7
Wasserkasteninhalt	m³	21
indizierte Leistung	PS_i	1.320
indizierte Zugkraft (0,8)	Mp	11,87

Über viele Jahre hinweg wickelten die Königlich Sächsischen Staatseisenbahnen (K.Sächs.Sts.E.) ihren Personenzugdienst mit zweifachgekuppelten Nassdampfmaschinen ab. Erst relativ spät dachten die K.Sächs.Sts.E. über die Beschaffung einer dreifachgekuppelten Lok nach. Die Sächsische Maschinenfabrik (SMF), vormals Richard Hartmann, erhielt schließlich den Auftrag, auf der Grundlage der XII H 1 (siehe Seite 59) eine neue 2'Ch2-Schlepptenderlok für den schweren Personenzugdienst zu entwickeln. Die Chemnitzer Ingenieure sahen für die als Gattung XII H 2 vorgesehene Type einen kleineren Kuppelraddurchmesser und einen kürzeren Kessel vor. Außerdem wurde der Antrieb auf die zweite Kuppelachse verlegt. Das zunächst angedachte Verbundtriebwerk verwarf man wieder, da es nur schwer hätte untergebracht werden können und das geforderte Leistungsprogramm es zudem nicht zwingend notwendig machte. 1910 stellten die K.Sächs. Sts.E. schließlich die ersten zehn Maschinen der Gattung XII H 2 in Dienst. Eine von ihnen wurde auf der Weltausstellung in Brüssel ausgestellt.

Typisch für die Lokomotiven war der schlanke Dampferzeuger mit dem Stehkessel der Bauart Belpaire und der solide Blechrahmen. Die Maschinen bestachen durch eine sehr gute Leistung. In der Ebene konnten sie einen 475 t schweren Zug mit 75 km/h befördern. Ab 1913 stellten die K.Sächs.Sts.E. weitere Exemplare der XII H 2 in Dienst, wobei einige von ihnen eine kegelige Rauchkammer besaßen. Die Personale schätzen die sehr guten Laufeigenschaf-

ten der Maschinen, was ihnen die Spitznamen »Rollwagen« einbrachte.
1916 überarbeite die SMF in Abstimmung mit den K.Sächs.Sts.E. noch einmal die Zeichnungen. Dabei wurde das Umlaufblech höher gesetzt, was das Aussehen der XII H 2 deutlich veränderte. Erst 1927 fertigte die SMF die letzten Exemplare.
Auch die Deutsche Reichsbahn-Gesellschaft (DRG) konnte auf die »Rollwagen« nicht verzichten. Über viele Jahre hinweg bildeten sie das Rückgrat des Personenverkehrs auf Sachsens Eisenbahnen. Erst ab 1937 musste die Reichsbahndirektion (RBD) Dresden einige Loks an andere Direktionen in Hessen und Süddeutschland abgeben. Mit der Besetzung des Sudetenlandes 1938 wurden auch dort »Rollwagen« stationiert.
Der Zweite Weltkrieg riss große Lücken in den Bestand der ehemaligen XII H 2. So zählte die RBD Dresden im Sommer 1945 nur noch 75 »Rollwagen« in ihrem Bezirk. Nach wie vor bestimmten die Maschinen das Bild vor den Reisezügen im Erzgebirge, im Vogtland und in der Lausitz. Erst in der Zweiten Hälfte der 1960er-Jahre wurden die Maschinen schrittweise durch Dieselloks der Baureihe V 100 (ab 1992: 201) abgelöst. Einige »Rollwagen« wurden nun auch den Bahnbetriebswerken Brandenburg und Ketzin zugewiesen. Doch das Ende der Baureihe 38^{2-3} war nur noch eine Frage der Zeit. Gehörten 1967 noch 53 Maschinen zum Unterhaltungsbestand, so waren es drei Jahre später nur noch vier Loks, die ab 1. Juni 1970 im Zug der Einführung der EDV-gerechten Loknummern als 38.5 bezeichnet wurden. Das Bw Nossen hielt mit der 38 5308 den letzten betriebsfähigen »Rollwagen« vor. Als Museumslok bewahrte die DR die 38 205 auf.

Baureihe 38^4 (Länderbahnlok, bayerische P 3/5 H)

Technische Daten		
Bauart		2'Ch4v
Betriebsgattung		P 35.15
L. ü. Puffer (Tender bay 2'2T 21,8)	mm	19.439
Höchstgeschwindigkeit v/r	km/h	90/50
Zylinderdurchmesser (HD/ND)	mm	360/590
Kolbenhub	mm	640
Treib- und Kuppelraddurchmesser	mm	1.640
Laufraddurchmesser v	mm	850
Kesselüberdruck	kp/cm²	15
Rostfläche	m²	2,76
Verdampfungsheizfläche	m²	142,5
Dienstmasse (2/3 Vorräte)	t	72,1[1]
Brennstoffvorrat	t	8
Wasserkasteninhalt	m³	21,8
indizierte Leistung	PS_i	1.200
indizierte Zugkraft	Mp	8,15

Anmerkung:
[1] ohne Tender

Nach dem Ersten Weltkrieg fehlten der Bayerischen Staatsbahn vor allem für den schweren Reisezugdienst leistungsfähige Lokomotiven. Durch die mangelnde Wartung während des Krieges nahm der Schadbestand deutlich zu. Zudem hatten die Reparationsforderungen der Siegermächte empfindliche Lücken im Fahrzeugpark hinterlassen. Um die Lage zu entspannen, gestattete die gerade gegründete Deutsche Reichsbahn der aus der Bayerischen Staatsbahn hervorgegangenen Gruppenverwaltung Bayern 1920 die Beschaffung von 80 Personenzuglokomotiven. Die Gruppenverwaltung beauftragte die Firma Maffei mit dem Bau der benötigten Maschinen. Um Zeit und Geld zu sparen, griff Maffei dabei auf die bewährten 2'C-Loks der Gattung P 3/5 zurück. Allerdings schied der unveränderte Nachbau der Nassdampf-Verbundloks aus. Maffei übernahm zwar den Rahmen sowie das Lauf- und Triebwerk ohne Änderungen, vergrößete jedoch den Kessel und rüstete ihn mit einem Überhitzer aus. Außerdem wurde der Durchmesser der Hoch- und Niederdruckzylinder um 20 mm vergrößert. Weiterhin erhielten die Maschinen größere Führerhäuser.

Bereits 1920 lieferte Maffei die ersten neuen 2'Ch4v-Maschinen an die Gruppenverwaltung Bayern ab, die die Loks noch als Gattung P 3/5 H bezeichnete. Schon bei den ersten Probefahrten erwies sich die P 3/5 H als eine sehr gute Konstruktion – Leistung und Verbrauch waren ausgezeichnet. Die Personale lobten die sehr guten Laufeigenschaften der Maschinen. So verwundert es nicht, dass die Gruppenverwaltung Bayern für die eigentlich nur für 90 km/h zugelassenen Loks Schlepplastentafeln mit bis zu 100 km/h Höchstgeschwindigkeit aufstellte. Die Tacho-Nadel der P 3/5 H erreichte oft 100 km/h, denn die Maschinen waren bei ihrer Indienststellung bevorzugt vor Schnell- und Eilzügen im Einsatz. So bespannte das Bw München I mit der P 3/5 H zeitweise sogar den legendären Orient-Express zwischen München und Salzburg. Dabei bestachen die Maschinen durch einen sehr guten Kohleverbrauch, der noch unter dem der S 3/6 lag.

Die Deutsche Reichsbahn-Gesellschaft (DRG) übernahm 1925 alle 80 Maschinen in ihren Bestand. Mit der Indienststellung der ersten Nachbau-S 3/6 und der Zuführung zahlreicher ehemaliger preußischer P 8 wurde die Baureihe 38^4 schrittweise aus den hochwertigen Diensten abgelöst. Dies schlug sich auch in einer Umstationierung der Maschinen nieder. Waren 1922 die meisten Loks in den Bahnbetriebswerken München Hbf, Treuchtlingen, Rosenheim und Kempten stationiert, so war Mitte der 1930er-Jahre die Baureihe 38^4 in Regensburg, Ingolstadt und Schwandorf stationiert. Hier bespannten sie nun in erster Linie schwere Personenzüge.

Ende der 1930er-Jahren gingen die Loks abermals auf Wanderschaft. Die Reichsbahn in den westlichen Besatzungszonen erfasste die Baureihe 38^4 im Jahr 1948 in Augsburg, Buchloe, Lindau, Neu-Ulm und Plattling. Obwohl alle 80 Maschinen noch zum Bestand gehörten, waren ihre Tage bereits gezählt. Die Deutsche Bundesbahn (DB) begann bereits 1950 damit, die ehemalige P 3/5 H aufgrund ihres Vierzylinderverbund-Triebwerkes auszumustern. Innerhalb von zwei Jahren waren fast alle 38^4 von den Gleisen verschwunden. Lediglich im Bw Lindau waren noch vier Exemplare vorhanden. Als letzte ihrer Baureihe quittierte schließlich im Dezember 1955 die 38 430 den Dienst.

Baureihe 38^{10-40} (Länderbahnlok, preußische P 8)

Technische Daten

Bauart		2'Ch2
Betriebsgattung		P 35.17
L. ü. Puffer (Tender pr 2'2' T 21,5)	mm	18.585
Höchstgeschwindigkeit v/r	km/h	100/50
Zylinderdurchmesser	mm	575
Kolbenhub	mm	630
Treib- und Kuppelraddurchmesser	mm	1.750
Laufraddurchmesser v	mm	1.000
Kesselüberdruck	kp/cm²	12
Rostfläche	m²	2,64
Verdampfungsheizfläche	m²	143,9
Dienstmasse (2/3 Vorräte)	t	118,2
Brennstoffvorrat	t	7
Wasserkasteninhalt	m³	21,5
indizierte Leistung	PS_i	1.180
indizierte Zugkraft (0,8)	Mp	11,43

Als meistgebaute deutsche Personenzuglok ging die ehemalige preußische P 8, die Baureihe 38^{10-40}, in die Eisenbahn-Geschichte ein. Bereits 1905 benötigte die Preußische Staatsbahn für den schweren Reisezugdienst eine zugstarke, dreifachgekuppelte Maschine. Der Beschaffungs-Dezernet Robert Grabe entwarf eine 2'Ch2-Schlepptenderlok mit 1.750 mm großen Kuppelrädern. Die Berliner Maschinenbau AG (BMAG), vormals Louis Schwartzkopff, lieferte 1906 die ersten zehn Baumuster, die mit so genannten Windschneiden-Führerhäusern ausgerüstet waren. Garbes Hoffnung, die Loks könnten für 110 km/h zugelassen werden, erfüllten sich nicht. Zwar erwies sich die neue Lok bei den Versuchsfahrten auf der Strecke Grunewald–Mansfeld als eine sehr leistungsfähige und sparsame Lok, doch die Laufeigenschaften waren im oberen Geschwindigkeitsbereich unbefriedigend. Die Ursache dafür war schnell gefunden: Die großen hin- und hergehenden Massen erzeugten starke Zuckbewegungen. Garbe verbesserte zwar den Massenausgleich, doch die Höchstgeschwindigkeit blieb auf 100 km/h begrenzt. Außerdem waren die Treibstangenlager für die Zugkräfte zu klein, so dass die Unterhaltungskosten stiegen. Eine Verringerung des Zylinderdurchmessers löste das Problem. Trotz dieser kleineren Mängel erwies sich die P 8 als ausgezeichnete Konstruktion, von der die Preußische Staatsbahn nun größere Stückzahlen beschaffte.

Im Laufe der Zeit erfuhren die Maschinen aber immer wieder konstruktive Änderungen. So entfielen ab 1909 die Windschneiden-Führerhäuser. 1913 wurde schließlich die Steuerung geändert: Die Hängeeisen-Steuerung wurde durch eine Kuhnsche Schleife ersetzt. Ein Jahr später wurde die P 8 serienmäßig mit einem Oberflächenvorwärmer der Bauart Knorr mit Kolbenspeisepumpe ausgerüstet. Außerdem erhiel-

ten die vorderen Laufachsen eine Bremse.
Bis zum Ende des Ersten Weltkrieges stellte die Preußische Staatsbahn rund 2.350 Exemplare in Dienst. Durch die Bestimmungen des Versailler Vertrages mussten jedoch 628 Maschinen an die Siegermächte abgegeben werden. Die meisten Loks gingen dabei an Belgien (168), Frankreich (162) und Polen (190). Die Preußische Staatsbahn und die 1920 gegründete Deutsche Reichsbahn schlossen diese Lücken jedoch durch zahlreiche Nachbauten. Erst 1923 nahm die Reichsbahn mit der 38 4051 die letzte P 8 ab. Aber auch andere Bahnverwaltungen beschafften die als robust, zuverlässig und sparsam bekannte P 8. Neben Oldenburg (5) und Mecklenburg (13) wurde die P 8 auch in Baden (40) angeschafft. Weitere Exemplare rollten fabrikneu unter anderem nach Polen und Rumänien. Insgesamt wurden rund 3.500 Maschinen gebaut.
Bei der Deutschen Reichsbahn-Gesellschaft (DRG) war die Baureihe 38^{10-40} *die* Personenzuglok schlechthin. Aber auch im Schnellzugdienst und vor Güterzügen enttäuschte die P 8 nicht. So wurde sie zum »Mädchen für alles« auf den deutschen Schienen. Der Zweite Weltkrieg riss große Lücken in den Bestand. So verbleiben der Deutschen Bundesbahn (DB) rund 1.200 und der Deutschen Reichsbahn (DR) in der DDR rund 750 Loks der Baureihe 38^{10-40}. In Ost und West bildeten sie noch bis in die 1960er-Jahre das Rückgrat im Personenzugdienst. Erst die Beschaffung moderner Dieselloks läutete das Ende der P 8 ein. Die DR schob ab 1967 ihre Maschinen in Scharen auf das Abstellgleis. Im Sommer 1970 war die P 8 inzwischen zur großen Ausnahme geworden. Als letzte schied 1973 die 38 2267 aus dem Bestand aus.
Zu diesem Zeitpunkt trennte sich auch die DB von ihren letzten P 8. Wurden 1963 noch über 700 Maschinen unterhalten, so waren es fünf Jahre später nur noch 73 Loks. Bis 1970 war der Bestand schließlich auf 14 Maschinen geschrumpft. 1974 standen nur noch drei Maschinen beim Bw Tübingen unter Dampf. Als letzte P 8 in Deutschland wurde im Dezember 1974 die 38 1772 von der DB ausgemustert.

Baureihe T 38^{10-40} (Turbinentenderlok)

Technische Daten

Bauart		2'Ch2 + 1B2'
Betriebsgattung		P 35.17
Länge ü. Puffer (Tender 1B2'T 16)	mm	22.917
Höchstgeschwindigkeit v/r	km/h	100/50
Zylinderdurchmesser	mm	575
Kolbenhub	mm	630
Treib- und Kuppelraddurchmesser	mm	1.750
Laufraddurchmesser v	mm	1.000
Kesselüberdruck	kp/cm^2	12
Rostfläche	m^2	2,64
Verdampfungsheizfläche	m^2	143,9
Dienstmasse (2/3 Vorräte)	t	78,2[1]
Brennstoffvorrat	t	7
Wasserkasteninhalt	m^3	16,2
indizierte Leistung	PS_i	k.A.
indizierte Zugkraft	Mp	k.A.

Anmerkung:
[1] ohne Tender

Mitte der 1920er-Jahre suchte die Deutsche Reichsbahn-Gesellschaft nach Wegen, um die Wärmewirtschaftlichkeit ihrer Dampflokomotiven zu verbessern. Neben den Versuchen mit Mittel- und Hochdruckmaschinen beschäftigte sich die DRG auch mit dem Einsatz von Dampfturbinen. Die Firma Henschel schlug in Zusammenarbeit mit dem Schweizer Ingenieur Zoelly der DRG den Bau einer kombinierten Kolben-Turbolokomotive vor. Eine herkömmliche Kolbendampflok sollte mit einer nachgeschalteten Abdampfturbine ausgerüstet werden. Die DRG überließ der Firma Henschel zu diesem Zweck die 38 3255, die mit einem neu entwickelten Triebtender ausgerüstet wurde. Der Abdampf der Maschinen gelangte über eine Vakuumleitung in den Tender, wo eine Turbine angetrieben wurde. Über einen Kondensator und einen Rückkühler wurde der Abdampf dann zurückgewonnen. Der Antriebstender mit der Achsfolge 1B2' besaß eine dreistufige Hauptturbine und eine Rückwärtsturbine. Der Umbau der nun als T 38 3255 bezeichneten Lok war im Herbst 1927 beendet. Allerdings zeigten sich bei den ersten Probefahrten einige Mängel, so dass die DRG die Lok erst 1928 messtechnisch untersuchen konnte. Die T 38 3255 war zwar deutlich stärker als die herkömmliche P 8, doch ihre Verbrauchswerte waren erst ab einer Leistung von 500 PS_e besser. Allerdings war der Unterhaltungsaufwand für den Triebtender und die Vakuumleitung recht hoch, so dass die Maschinen 1937 wieder zurückgebaut wurde.

Baureihe 38^{70} (Länderbahnlok, badische IV e)

Technische Daten

Bauart		2'Cn4v
Betriebsgattung		P 35.14
L. ü. Puffer (Tender bad 3 T 15,5)	mm	16.960
Höchstgeschwindigkeit v/r	km/h	75/50
Zylinderdurchmesser (HD/ND)	mm	350/550
Kolbenhub	mm	640
Treib- und Kuppelraddurchmesser	mm	1.600
Laufraddurchmesser v/h	mm	850
Kesselüberdruck	kp/cm^2	13
Rostfläche	m^2	2,1
Verdampfungsheizfläche	m^2	125,93
Dienstmasse (2/3 Vorräte)	t	58,3[1]
Brennstoffvorrat	t	5
Wasserkasteninhalt	m^3	15,5
indizierte Leistung	PS_i	k.A.
indizierte Zugkraft	Mp	k.A.

Anmerkung:
[1] ohne Tender

Die steigungs- und krümmungsreiche Schwarzwaldbahn der Großherzoglich Badischen Staatsbahn stellte besondere Anforderungen an die Leistung und Zugkraft der hier eingesetzten Maschinen. Zur Eröffnung der Strecke standen die 1'Bn2-Maschinen der Gattung IV B zur Verfügung. Ende des 19. Jahrhunderts hatte sie allerdings ihre Leistungsgrenze erreicht. In Zusammenarbeit mit der Lokfabrik Grafenstaden wurde nun eine neue 2'C n4v-Schlepptenderlok entwickelt. Die 1895 erstmals gebaute IV e besaß einen genieteten Blechrahmen und einen großzügig ausgelegten Kessel. Typisch für die Maschinen war das vordere Drehgestell mit dem Außenrahmen und den dahinter angeordneten Zylindern. Das Hoch- und das Niederdrucktriebwerk besaßen getrennte Steuerungen, so dass die IV e als Vierzylinderlok mit einfacher Dampfdehnung anfahren konnte. Dadurch besaßen die Loks eine hervorragenden Beschleunigung. Die Leistung der Maschinen konnte sich damals sehen lassen. Die IV e konnte in der Ebene einen 250 t schweren Zug anstandslos mit 75 km/h beschleunigen. Zudem besaß die Lok sehr gute Laufeigenschaften.

Die Großherzoglich Badische Staatsbahn beschaffte bis 1901 insgesamt 83 Exemplare der IV e, die nun für fast ein Vierteljahrhundert den Reisezugdienst auf der Schwarzwaldbahn bestimmte. Erst während des Ersten Weltkrieges wurden die ersten IV e ausgemustert. Die Deutsche Reichsbahn-Gesellschaft (DRG) übernahm zwar noch 35 Maschinen, doch deren Bestand schrumpfte bis 1928 auf zehn Stück zusammen. 1932 strich die DRG die letzten drei IV e aus ihren Listen.

Baureihe 39^0 (Länderbahnlok, preußische P 10)

Technische Daten

Bauart		1'D1'h3
Betriebsgattung		P 46.19
L. ü. Puffer (Tender pr 2'2' T 31,5)	mm	22.980
Höchstgeschwindigkeit v/r	km/h	110/50
Zylinderdurchmesser	mm	520
Kolbenhub	mm	660
Treib- und Kuppelraddurchmesser	mm	1.750
Laufraddurchmesser v/h	mm	1.000/1.100
Kesselüberdruck	kp/cm²	14
Rostfläche	m²	4,08
Verdampfungsheizfläche	m²	217,01
Dienstmasse (2/3 Vorräte)	t	162,7
Brennstoffvorrat	t	7
Wasserkasteninhalt	m³	31,5
indizierte Leistung	PS_i	1.620
indizierte Zugkraft (0,8)	Mp	17,13

Bereits um 1910 zeichnete sich ab, dass die P 8 vor den schweren Reisezügen auf den steigungsreichen Strecken im Mittelgebirge mittelfristig überlast war. Um die Züge mit den geforderten Geschwindigkeiten und Zuglasten pünktlich befördern zu können, mussten immer wieder Vorspannloks eingesetzt werden. Da dies aber die Kosten in die Höhe trieb, sah sich die Preußische Staatsbahn gezwungen, eine neue, schwere Personenzuglok in Auftrag zu geben. Allerdings verhinderte der Erste Weltkrieg zunächst deren Entwicklung. Erst 1918 konnte die Preußische Staatsbahn dieses Vorhaben wieder aufgreifen. Die mit der Entwicklung der benötigten Type beauftragte Lokfabrik Borsig legte im Herbst 1919 den Entwurf einer 1'D1'h3-Maschine vor, die einen Bruch mit den bisherigen Philosophien im preußischen Lokbau darstellte. Der solide Barrenrahmen, der Belpaire-Stehkessel und die hintere Schleppachse waren neu für Personenzugloks der Preußischen Staatsbahn. Allerdings dauerte es noch zwei Jahre, bis Borsig die ersten zehn Maschinen der noch als P 10 bezeichneten Gattung liefern konnte. Ursache dafür war die Übernahme der Länderbahnen 1920 durch das Deutsche Reich und die damit verbundene Schaffung der Deutschen Reichsbahn. Außerdem war zunächst die Beschaffung der sächsischen XX HV (siehe Seite 78) geplant. Allerdings erwies sich die P 10 mit ihrem Dreizylinder-Triebwerk im Unterhalt als billiger. Nach gründlichen Versuchsfahrten gab die Reichsbahn weitere Baulose in Auftrag. Bis 1927 wurden insgesamt 260 Einheiten der ab 1925 als Baureihe 39^0 bezeichneten Gattung in Dienst gestellt.

Doch der Einsatz der zugstarken Maschinen – die P 10 konnte in der Ebene einen 780 t schweren Zug

Baureihe 39^0 (Länderbahnlok, preußische P 10)

mit 95 km/h befördern – war nicht unproblematisch. So verzeichneten einige Reichsbahndirektionen auf ihren Strecken teilweise erhebliche Schäden an Brücken und am Oberbau, die die Baureihe 39^0 aufgrund ihrer mit 19 t damals sehr hohen Achsfahrmasse verursacht hatte. Aus diesem Grund war der Einsatz der P 10 bis etwa 1926 beschränkt. Danach jedoch bildete sie über viele Jahre hinweg das Rückgrat im schweren Reisezugdienst im Mittelgebirge.

Allerdings war die Baureihe 39^0 nicht jedermanns Sache. Der trapezförmige Rost verlangte von den Heizern viel Erfahrung in der Feuerführung. Die relativ »schlaffe« Saugzuganlage galt es zusätzlich zu berücksichtigen. Zwar wussten die verantwortlichen Herren der Reichsbahn um diese Missstände, beseitigt wurden sie jedoch nie. So galt die P 10 bei vielen Personalen als »Kohlefresser«.

Nach dem Zweiten Weltkrieg verblieben bei der Deutschen Bundesbahn (DB) insgesamt 154 Maschinen, die noch etliche Jahre im schweren Schnellzugdienst im Einsatz waren. Erst der Traktionswechsel machte die Maschinen in den 1960er-Jahren überflüssig. Das Bw Jünkerath stellte schließlich 1967 die letzten P 10 ab.

Die Deutsche Reichsbahn (DR) in der DDR konzentrierte 1947 die Baureihe 39^0 in den Direktionen Dresden und Erfurt. Der Bestand wurde 1955 durch die Übernahme von neun in Polen verblieben Maschinen aufgestockt. Drei Jahre später modernisierte die DR 85 P 10 im Rahmen des Rekonstruktions-Programmes und beseitigte dabei die konstruktiven Fehler. Die mit einem modernen Verbrennungskammer-Kessel ausgerüsteten Loks wurden nun als Baureihe 22 bezeichnet (siehe Seite 84).

24 013

Anhang

Abkürzungsverzeichnis

Eisenbahnverwaltungen

BDZ	Bulgarische Staatseisenbahnen
CFL	Nationalgesellschaft der Luxemburgischen Eisenbahnen
CFR	Nationalgesellschaft der Rumänischen Eisenbahn
DB	Deutsche Bundesbahn
DR	Deutsche Reichsbahn in der DDR
DRG	Deutsche Reichsbahn-Gesellschaft
K.Sächs.Sts.E.	Königlich Sächsische Staatseisenbahnen
K.W.StE.	Königlich Württembergische Staats-Eisenbahn
PKP	Polnische Staatsbahnen
SNCB	Nationalgesellschaft der Belgischen Eisenbahnen
SNCF	Nationalgesellschaft der Französischen Eisenbahnen
SZD	Sowjetische Eisenbahnen

Lokomotivfabriken

AEG	Allgemeine Elektrizitäts-Gesellschaft Berlin; Abteilung Lokomotivbau Hennigsdorf-Osthavelland
BMAG	Berliner Maschinenbau AG, vormals Louis Schwartzkopff
Borsig	August Borsig, Berlin-Tegel; ab 1931: Borsig Lokomotiv-Werke GmbH, Hennigsdorf-Osthavelland
Esslingen	Maschinenfabrik Esslingen, Esslingen am Neckar
Grafenstanden	Elsässische Maschinenbau Gesellschaft Grafenstaden
Hagans	Lokomotivfabrik Christian Hagans, Erfurt
Hanomag	Hannoversche Maschinenbau-AG, vormals Georg Eggestorff, Hannover-Linden
Hartmann	siehe SMF
Heilbronn	Maschinenbaugesellschaft Heilbronn
Henschel	Henschel & Sohn AG, Kassel; später: Henschel & Sohn GmbH
Hohenzollern	Hohenzollern AG für Lokomotiven, Düsseldorf-Grafenberg
Humboldt	Maschinenbau AG und Lokomotivfabrik Humboldt, Köln-Kalk
Jung	Lokomotivfabrik Arnold Jung, Jungenthal bei Kirchen (Sieg)
Karlsruhe	siehe MBG
Krauss	Lokomotivfabrik Krauss & Co, München-Sendling
Krupp	Friedrich Krupp AG, Abteilung Lokomotivbau, Essen
Krauss-Maffei	Krauss-Maffei AG, München-Allach
LEW	VEB Lokomotivbau-Elektrotechnische Werke (LEW) »Hans Beimler«
LHW	Linke-Hofmann Werke, Breslau
LKM	VEB Lokomotivbau »Karl Marx« Babelsberg
Maffei	J.A. Maffei Lokomotivfabrik, München
MBG	Maschinenbau-Gesellschaft Karlsruhe
O&K	Orenstein & Koppel, Drewitz und Nowawes (bei Potsdam); von 1938 bis 1945: Maschinenbau- und Bahnbedarfs-AG (MBA)
Rheinmetall	Rheinmetall AG Düsseldorf
Schichau	Ferdinand Schichau Maschinen- und Lokomotivfabrik, Elbing
SKL	VEB Schwermaschinenbaukombinat »Karl Liebknecht« Magdeburg
SMF	Sächsische Maschinenfabrik, vormals Richard Hartmann, Chemnitz
Union	Union-Gießerei Königsberg
Vulcan	Vulcan, Stettiner Maschinenbau AG

Sonstige Abkürzungen

AW	Ausbesserungswerk
BD	Bundesbahndirektion
Bw	Bahnbetriebswerk
Bwst	Betriebswerkstätte
BZA	Bundesbahn-Zentralamt
FVA	Fahrzeug-Versuchsanstalt Halle (Saale); ab 1. Januar 1960 Versuchs- und Entwicklungsstelle der Maschinenwirtschaft (VES-M)
HD	Hochdruck
HvM	Hauptverwaltung der Maschinenwirtschaft
IfS	Institut für Schienenfahrzeuge Berlin-Adlershof
KED	Königliche Eisenbahn-Direktion
LVA	Lokomotiv-Versuchsabteilung Berlin-Grunewald (ab 2. Februar 1938 Lokomotiv-Versuchsamt)
MfV	Ministerium für Verkehrswesen der DDR
ND	Niederdruck
RAW/Raw	Reichsbahnausbesserungswerk
RBD/Rbd	Reichsbahndirektion
RVM	Reichsverkehrsministerium
RZA	Reichsbahn-Zentralamt
SMAD	Sowjetische Militäradministration in Deutschland
SED	Sozialistische Einheitspartei Deutschlands
TH	Technische Hochschule
VB	Vereinheitlichungsbüro der deutschen Lokomotivindustrie
VEB	Volkseigener Betrieb
VES-M	Versuchs- und Entwicklungsstelle der Maschinenwirtschaft

Anhang

Weiterführende Literatur

Allgemeine technische Darstellungen

Eckhardt, OB.-Ing. Friedrich W.: Die Konstruktion der Dampflokomotive und ihre Berechnung; Berlin 1952.

Garbe, Robert: Die Dampflokomotiven der Gegenwart; Berlin 1920.

Henschel & Sohn AG: Henschel-Lokomotiv-Taschenbuch; Kassel 1935.

Meineke, F.; Röhrs, Fr.: Die Dampflokomotive, Lehre und Gestaltung; Berlin, Göttingen, Heidelberg 1949.

Niederstraßer, Leopold: Leitfaden für den Dampflokomotivdienst; Leipzig 1950.

Schwarze, Johannes (Ltg.): Die Dampflokomotive, Entwicklung, Aufbau, Wirkungsweise, Bedienung und Instandhaltung sowie Lokomotivschäden und ihre Beseitigung; Berlin 1965.

Baureihenübergreifende Darstellungen

Düring, Theodor: Die deutschen Schnellzug-Dampflokomotiven der Einheitsbauart, Die Baureihen 01 bis 04 der Typenserie 1925; Stuttgart 1979.

Düring, Theodor: Schnellzug-Dampflokomotiven der deutschen Länderbahnen 1907–1922; Stuttgart 1972.

Endisch, Dirk: Neubau-Dampfloks der Deutschen Reichsbahn, Die Baureihen 23^{10}, 25, 50^{40}, 65^{10} und 83^{10}; Stuttgart 1999.

Gerlach, Manfred: Für unser Lokarchiv; Berlin 1961.

Gottwaldt, Alfred B.: Geschichte der deutschen Einheits-Lokomotiven; Die Dampflokomotiven der Reichsbahn und ihre Konstrukteure; Stuttgart 1978.

Maedel, Karl-Ernst: Deutsche Dampflokomotive gestern und heute; Berlin 1964.

Meereis, Wolfgang: Die Neubau- und Rekonstruktionslokomotiven der Deutschen Reichsbahn; Freiburg 1974.

Wendler, Hans (Nationalpreisträger): Die Dampflokomotiven der Deutschen Reichsbahn; Berlin 1952.

Weisbrod, Manfred; Müller, Hans; Petznick, Wolfgang: Dampflok-Archiv 1, Baureihen 01 bis 39; Berlin 1982.

Baureihenspezifische Darstellungen

Ebel, Jürgen-Ulrich: Die Baureihe 10, Die Neubau-Dampflokomotiven der DB – Band 1; Freiburg 1998.

Ebel, Jürgen-Ulrich: Sächsische Schnellzuglokomotiven, Band 1 Die Gattungen X V, X H1, XII H, XII HV, XII H1 und XVIII H (Die Reichsbahnbaureihen 14^{2}, 14^{3}; 17^{6}, 17^{7}, 17^{8} und 18^{0}); Freiburg 1997.

Ebel, Jürgen-Ulrich: Sächsische Schnellzuglokomotiven, Band 2 Sachsenstolz – Die Gattung XX HV, Reichsbahnbaureihe 19^{0}; Freiburg 2000.

Endisch, Dirk: Baureihe 01.5; Stuttgart 2000.

Endisch, Dirk: Baureihe $03^{(Reko)}$, Die modernisierten Einheitsloks der DR; Korntal 2003.

Gottwaldt, Alfred B.: Baureihe 05 – Schnellste Dampflok der Welt, Die Geschichte einer Stromlinienlokomotive der dreißiger Jahre; Stuttgart 1981.

Heinrich, Rainer; Schnabel Heinz: Die Baureihe 22, Die Geschichte der »Reko-P 10«; Freiburg 2001.

Lüdecke, Steffen: Die Baureihe 18^{4-5}, Geschichte einer legendären Dampflokomotive; Freiburg 1988.

Lüdecke, Steffen: Die Baureihe 18^{3}, Die Geschichte der letzten Länderbahn-Pacific; Freiburg 1990.

Maedel, Karl-Ernst: S 10^{1}, Geschichte der letzten preußischen Schnellzug-Dampflokomotiven; Stuttgart 1972.

Obermayer, Horst J.: Baureihe 01.10; Stuttgart 1999.

Samek, Thomas: Die Baureihe 36, Die preußischen Personenzuglokomotiven P 4^{1} und P 4^{2} und ihre Schwestern in Mecklenburg und Oldenburg; Freiburg 1999.

Scherer, Thomas: Die Baureihe 18^{1}, Die »Schöne Württembergerin«; Freiburg 1988.

Weisbrod, Manfred; Petznick, Wolfgang: Die Baureihe 01; Berlin 1979.

Weisbrod, Manfred; Obermayer, Horst J.: Baureihe 03, Die »leichte« Schwester der 01; Berlin 1995.

Wenzel, Hansjürgen: Die Baureihe 39, Die Geschichte der preußischen P 10; Freiburg 2002.

Wenzel, Hansjürgen: Die preußische P 8, Die Baureihe 38^{10}; Freiburg 1994.